藍學堂

學習・奇趣・輕鬆讀

Say it better!

全新修訂版

世界公民文化中心／著

戒掉爛英文 2

職場英文的明規則與潛規則

找回大學沒學好的職場英語正則

李振清

　　近 20 年來，由於廣設大學與高等教育品質落差所造成的社會效應，引發全國上下連帶地抱怨大學生英文程度低落，無法勝任現代國際化職場所需求的英語文能力之挑戰。企業界更期盼大學生除了要能精進專業外，也須同時提升國際宏觀與英語文能力。台積電董事長張忠謀先生也因此不斷呼籲，「台灣學生要國際化，一定要提升英文能力。」（參閱 2012 年 5 月 19 日《中國時報》）。筆者長期觀察台灣英語教育的興衰，在讀到世界公民文化中心出版的《戒掉爛英文 2》後，心中一振；這種簡潔有力、溝通導向的即時素材，就是具有基礎英文的現代職場人士，可以藉以歷練國際性溝通英語的捷徑。

　　以英語文作為現代職場中溝通之基本工具，已成為放諸四海皆準的國際共識。早在 1982 年 11 月 15 日，《新聞週刊》（Newsweek）就以 8 頁的封面故事（cover story）闡述英語在 20 世紀所扮演的角色。其警語是：“Today, like it or curse it, English has become the closest thing to a lingua franca around the globe.”（時至今日，不管你喜歡或詛咒英語，它已成為地球上最貼近世界語的東西了。）

　　有鑑於英語在 20 世紀的蓬勃發展，與持續扮演的全球人際溝通角色，《新聞週刊》又在 23 年後（2005 年）的 3 月 7 日，以另一篇封面故事〈Who Owns English〉來評估英語在 21 世紀的新地位與實用功

能：“English is the language of business, technology, and, increasingly empowerment.”（英文已經是企業、科技，以及自我提升所亟需的語言。）實際上，英語已經成為全球各國人士所擁有的共同溝通語言。

　　筆者從事英語研究與教育 50 年，深覺台灣大學生的英語文能力其實並沒有想像中低落；問題是他（她）們沒有得到適當的教學、教材與學習方法，來啟發學習動機，與落實學習效能。加上閱讀廣度與深度的欠缺，以及國際宏觀的不足，難免影響到英語文聽、說、讀、寫、譯全方位能力的失衡。然而，絕大多數的大學生終須走進職場，尤其是深具挑戰性的現代跨國性企業。到這時候，他（她）們自然會體悟到主動重新溫習英語文，實際應用於職場的必要性。

　　筆者在最近（編註：2013 年）收到《商業周刊》出版部寄來的《戒掉爛英文 2》原稿。有鑑於該書的思維創新與語言診斷屬性，我一口氣就興趣盎然地閱讀了全書的二分之一，並逐句審視其語用（pragmatics）與文詞氣理之特質。待讀畢全書後，發現《戒掉爛英文 2》所涵蓋的文體、內容與設計，正是個人在大學的「英文修辭學」，與「英文演說與辯論」中所強調的內涵，也是可實際提升當代大學生與職場人士英語文的務實指引。在個人所授的兩門課程中，筆者強調有效以英語進行溝通的基本法則為精簡有力、陳義清晰；遵循英文的語言規範；重視語言禮貌與委婉語使用；說以英語為母語的人士之常用語言；歷練深具溝通與說服力的簡潔詞句，以及廣泛閱讀與用心聆聽，藉以提升產出性的說、寫能力。

待個人讀畢《戒掉爛英文 2》全稿後，發現該書 6 章的主要內容，除了第 6 章第 75 節列舉巴菲特（Warren Buffett）傳記──《雪球》（*The Snowball*）的四段大膽幻想、勇往嘗試的精采描述外，全為精簡實用、語意深遠的單句。這些讀來鏗鏘有聲的現代職場常見詞句，正好符合革除大學生的「爛英文」、培養職場人士實用英語的需求。

《戒掉爛英文 2》的另一特色是藉由精要短句的語意和語法結構，凸顯英語用於口語表達之特質，包括具說服性的有力委婉語（第 1, 9, 10, 11, 35, 37, 38, 46, 74, 78 節）、避免文法陷阱與中式英文（第 15, 18, 26, 29, 41, 55, 59, 63, 65, 66 節等）、了解智慧型手機必備的 LINE 英文（第 36 節），及 email 英文（第 45 至 51 節）特點等。其他還有一些點到為止的有關發音、語調、慣用（口頭）語、現代新詞，以及包括賈伯斯（Steve Jobs）、比爾‧蓋茲（Bill Gates）、理查‧布蘭森（Richard Branson）等成功企業家精簡有力的座右銘（第 76 節）等。稍具英文基礎的職場人士只要細讀各章的典型句子，必可藉此舉一反三，進一步領悟出系統性的優質英語詞句，並加以利用。

在全世界邁向國際化與多元化的 21 世紀新趨勢中，英文正扮演著極為重要的國際角色。細讀展現學習與補救（remedial）特色的《戒掉爛英文 2》，大學生與職場人士應可藉此提升英語文說、寫、聽、讀、譯的實用能力與正確觀念。筆者因此樂於推薦本書供大家參考。

（本文作者為世新大學前人文社會學院院長、英語系客座教授）

商業英語教學的磁場

找到錯誤，原來是一種
放心和驚喜

彭仕宜

「戒掉爛英文」是世界公民文化中心在《商業周刊》上的專欄，我們每週有 2 篇文章，一年有 100 篇，最常接到讀者的意見是：「那錯誤，簡直就是在講我啊！」

- 我真的每一封商業 email 都是用 Dear 開始。
- 每一次開會結束，我都講 "That's all."
- 原來不能說 "We have to postpone the event due to the weather."
- 也不能用 "I'll arrange you an interview."
- 做會議紀錄不是 take notes。
- email 最常錯的字排名第一是 please，第二是 appreciate。（看看你是不是也錯了？）
- 睡過頭不能用 sleep over。
- 吃飽了不是 "I have enough."
- 請人先行，不要說 "You go first."
- Of course. 是令人討厭、驕傲的口頭禪。

栩栩如生的錯誤！假如你上班或生活上得用英文，這些錯誤聽起來是不是像極了老朋友，熟悉得不得了？它們真實到讓人幾乎以為，「你

一定是在說我！」確實，這些錯誤大部分來自實體教學，一個老外老師、一個老中學生，在一對一教學過程中，很仔細地記錄、分類、整理下來的。

不是會講英文的老外，就能夠聽得出 non-native speaker 英語裡的錯誤。聽出別人語言的錯誤，你得培養出像雷達感應器那樣的「錯誤敏感度」，知道哪裡是安全區、哪裡是誤區，知道觸碰到哪一點就要開始偏離航道。當你的學生不那麼容易犯錯時，你要想辦法讓他脫離舒適區，或者講陌生的話題，或者由學生主導……想辦法讓他犯錯，想辦法糾正他。而更重要的是，老師和學生，全神貫注 "focus" 的能力，相互感染。

這種感染力，我們稱它是「英語教學的磁場」。毫無目的漫遊式的學；孩子們寓教於樂的學；學生只想著升學考試填鴨般的學，都不會出現這種磁場。我們發現，"professional" 最能夠創造這種磁場，「商業英語教學的磁場」。

「戒掉爛英文」是這個磁場的延伸和擴大。

你翻閱的這本《戒掉爛英文2》，是在你學了這麼多年英文，「輸入」了這麼多東西在腦袋裡之後，去蕪存菁，讓你的「輸出」更放心。讀這本書不必正襟危坐，也不必好整以暇地準備。沒有時間，就讀一頁，有時間多讀幾頁也無妨。但心情上是「聞過則喜，有則改之」，中國古老的智慧，也適用於英文學習。我們不斤斤計較英文的錯，而在每一個錯誤裡，找到驚喜，然後放心。

（本文作者為世界公民文化中心教務長）

Chapter 1　升官加薪術

Chapter
2
說出專業味

Chapter 6 漂亮烙英文

升官
加薪術

和老闆用英語對話,雖然不必太緊張,但也不能太輕率。有些話不能隨便回,顯得不夠尊重;但也不必唯唯諾諾,以免失去專業形象。如何拿捏得恰到好處,往往要從語彙的本質去追究、去體會。

在職場帶人領導團隊時,如何透過簡短的用語顯示權威、取得話題主導權?又如何讚美、激勵同仁,贏得好人緣?學會簡單幾句話,讓你受用無窮。

有時看似單純的片語,卻可能讓你誤會很大;看似謙卑的用詞,卻可能讓你看起來懦弱沒擔當。千萬要懂得正確使用,不要讓爛英文,攔阻你的升官路!

記住這5句，
和老闆對話夠用了！

回應老闆交代的任務時，用 "Yes, certainly." 或 "I understand." 就好，説 OK.、All right.、Of course. 都有欠禮貌。

溝通是一門學問，特別是辦公室裡由下向上的溝通更需要智慧和技巧。用英文和主管溝通時，把握 3 個原則：**有禮貌、訊息明確、溝通有效率**。以下這幾個句子，既簡單又好用，不妨多唸幾次，直到熟練。

❶ 詢問可能性：Would...

Would it be possible for me to take the day off this Friday?
（這個星期五，我是否可以休一天假？）

Would 是一種禮貌的用法，如果是 2 天以上就用 days off。老闆爽快答應就會說："That'll be OK."，有些遲疑就會說："Will everything be all right?"（一切都安排就緒了嗎？）

請休假用 take the day off。

❷ 提出建議：I think / would suggest...

I think we need to buy a new printer.
（我想我們需要買一台新的印表機。）

I think 在這裡有緩衝作用，隨後可說明 our printer has broken down again.（印表機又出毛病了。）

如果要再客氣一些，可以用 suggest，如：I would suggest we buy a new printer.

③ 了解任務：Yes, certainly.

Yes, certainly.（是，我知道了。）

這是最明確的回應，也可用 "I understand."（我明白了。）或 "Yes, right away."（好的，馬上去做。）對主管說 OK. 或 All right. 並不恰當，說 Of course. 更不禮貌。

很忙沒有辦法執行任務，可以說："I'm sorry, but I'm busy now. Could I do it later?"。

④ 確認事項：didn't you?

You did say next Wednesday at 3P.M., didn't you?
（您是說在下星期三下午3點，是不是？）

中文少見附加問句，但英文常用，一來更委婉，二來可讓對方加入談話。做事要確認，對外國老闆更是如此。

直接一點，可以說 "Let me confirm the schedule."（讓我確認一下時間表。）

❺ 報告結果：I have the feeling that...

I had a feeling he was in favor of the plan.
（我覺得他贊成那個計畫。）

記住 I have a feeling (that)...（我覺得……。）及 ...(that) he was against the plan.（他反對那個計畫。）這兩句話都很管用。

語意堅定，老闆聽了就埋單

> 需要用英語表現職場專業的場合，一定要好好把握；但如果你動不動就說 maybe、will，等於一開口就弱掉！

如果硬要做排行榜，最常被中文人口過度使用的英文字，maybe、will、can 這幾個字一定上榜。有些人幾乎每兩句話就插個 maybe，溝通力度馬上就削弱了。怎麼降低這種不確定感？關鍵就在你的開場。用對的開場句，信心自然就展現出來！

❶ 吸引注意力：The purpose of this meeting is...

主持業務會議時，聚焦很重要。好的會議開始是開門見山。不要講不重要的話，模糊焦點，那你會馬上失去別人的注意力。

Well, here's the agenda, ... → 失焦

Maybe we should get started. → 失焦

The purpose of this meeting is to discuss how we can improve product quality. → 聚焦

❷ 回答問題用肯定語氣：I recommend / In my opinion...

老闆徵詢你的意見，不要支支吾吾，以肯定的英文回覆 I recommend...

或是 In my opinion... 會更有力。要用肯定的語氣回答，用 "should" 而不用 "could" 使語氣更強。

Maybe we could consider a new approach. → 模稜兩可

In my opinion, we should consider a new approach. → 語氣肯定

❸ 堅定立場：I'm positive that...

想展現更強勢的語氣，那就用 I'm positive that... 或是 I really feel that... 開場。

Dave in Marketing said it could be the vendor's fault. I thought he had a good point. → 沒自信

I'm positive that it's the vendor's fault. → 有自信

❹ 離題時要有效拉回主題：Let's move on to...

會議離題了，怎麼有技巧的回歸主題？或者討論不夠有效率，你可以用強力的開場句拿回主控權。不要用 maybe 或是 um... 開始你的講話：

Maybe we shall get back to the main point. → 語氣弱

Let's move on to the next point. → 語氣強

當你在會議中要表達否定意見時，語氣要堅定，清楚表明你的立場，意見才不會被忽視。

Well, I'm not sure; It doesn't seem like it will work. → 態度軟弱

I'm afraid I can't agree with this plan. → 立場堅定

SECTION 03 這樣跟老闆說話就太白目了

在英文溝通的場合中，常出現一些讓人替說話者捏一把冷汗的對話。有些話，實在還輪不到你對老闆說。

一位曾在外商服務的上班族說，他每次開完會都問老闆："What's your problem?"，一直到離職前夕，老闆才告訴他，不要再問 problem 了。"What's your problem?" 和 "What's your question?" 意思完全不同，problem 指的是 trouble，像一個人的毛病；question 指的是一個人提出的問題、疑問。問人 "What's your problem?" 意思是「你有什麼毛病？」或者語氣更重一點：「搞什麼？」

我們來看一些令人冒冷汗的句子。老闆聽你講這句話的時候，心裡可能想，這些話「還輪不到你說」。

❶ Please follow up.

follow up 是對事情採取後續行動、跟進的意思，那些事應該是你的職責，而不是老闆的。需要老闆裁決或指示，應該說："Please let me know your decision / suggestion." 不然就應該說："I will follow up and keep you updated." 讓上司隨時知道你 follow up 的狀況。

❷ Do you think you could manage it?

這句話的口氣是「你覺得你做得來嗎？」、「你有辦法掌控嗎？」並不是想像中多禮詢問的語氣。希望老闆出面處理，可以說："We might need you to personally direct this case."。

❸ You should have already made the decision.

should have ＋過去分詞的意思是「之前應該做但沒做」，有指責的意味。不管心裡是不是真的這樣想，還是善意提醒，你都應該說："We really need your decision soon."，接著再提供一個時程表。

❹ I'm surprised at your decision.

除非是表達失望、抗議，才可能對老闆說你很「訝異」。如果你覺得有什麼誤會讓上司做了這個決定，可以說 "I am afraid that there might be some misunderstanding regarding..."，再和第 3 點一樣，用具體陳述取代情緒用字。

❺ I hope I am clear enough. / Is that clear?

如果講中文，你大概不會跟老闆說：「我說得夠清楚了吧？」、「清楚了嗎？」

請說："**Please let me know if I am not clear enough.**"，同樣的，也請不要跟老闆說："Do you get my point?"（你懂我的意思嗎？）

SECTION 04 做會議紀錄，別講 take notes

> 主持會議時，從開場到結束，記住 4 個重要說法，可不要漏氣了。

需要英語對談的商務人士，常在開會時擔心用語不夠正式或專業，往往因此不敢發言。以下列舉 4 句主持商業場合和商務會議的專業說法，讓你能更順暢掌握會議的節奏。

❶ 我想召開會議討論我們的年度計畫。

（✗）I would like to open a meeting to discuss our annual plan.

（○）I would like to **call a meeting** to discuss our annual plan.

召開會議的固定用法是 call a meeting，更正式的說法是 **call a meeting to order**。open a meeting 不是召開會議，而是宣告會議開場，意思有別。

❷ 議程如下。

（✗）The agenda is as below.

（○）The agenda is as follows.

Below 意指下方，本身是介系詞，前面不須再加副詞 as。例：Our requirement is listed below.（我們的需求列表如下）。as follows 相當於中文裡的「如下」，是常用片語。

❸ 誰來做會議紀錄？

（×）Who is going to take notes?
（○）Who is going to **take the minutes**?

會議紀錄不說 notes 或 record，而是 minute，即時間單位「分鐘」。這個字是從拉丁文 minutus（小）演化而來。據說是因為以往會議紀錄都用小字草草記下，會後才用大字重謄，所以會議紀錄就沿用 minutes。此外，它也可以當動詞用，**minute a meeting** 就是記錄會議內容。

❹ 謝謝大家今天來參加會議。

（×）Thank you for participation today.
（○）Thank you all **in attendance** today.

中文我們說參加會議，意指出席，慣用 attendance；participate 也是參與，但更強烈的意義是置身其中參與討論。若此，經過一番熱烈討論後，會議結束時主席就可以用 "Thank you for your participation." 結尾。

嗆聲專用！「你最好搞清楚」

> 在職場與人談話，有時需要製造一點氣勢，以取得主導權。
> "I've got news for you."、"We'll see about that." 這時候很管用。

很多人有過這樣的經驗：

電話鈴聲響了，你拿起話筒：「×× 公司，您好」，接著電話那一端一連串劈里啪啦的快速英文：... I got your number from your website. I'd like to speak to the person in charge.

頓時，你嚇呆了，連最簡單的 "No, problem. I'll put you through." 都想不起來。

講英文的時候，「知不知道」和「用不用得出來」是兩回事。怎麼把知道的講出來，最好的是**利用每天很短時間，不斷重複唸你已經知道的句子，想像講這句英文的情境**，就能喚起學過、卻說不出口的常用英文。我們試著從這 6 句開始吧！

❶ Are you with me? 你同意嗎？

with 某人，就是和某人在一起，所以 Are you with me? 這句話表面上是問人家和不和你在一起，實際上就是問人家「同不同意我的意見？」

說完自己的想法後，就可以用這個句型詢問別人是否同意。

開會當中，如果有成員不專心，主席也會問："Are you with me?"，意思是「你在聽嗎？」

❷ I'm going (based) on... 於理有據

I'm going based on... 更簡單的講法可以省略 based，講成 I'm going on...。這個句型裡的 go，有「遵循」的含義。所以要闡述意見，又覺得光是自己的想法不夠力時，就搬出這個 I'm going (based) on...（我是依照……行事。）當護身符，把做決定的依據扛出來說個清楚，講個明白。

❸ cut all you in 算你一份

cut 有「切、割」的意思在內，所以 "cut all you in" 表示你會把這些人算進來，再開始切分。當你有什麼好事，可以很有義氣地說出 "I cut all you in."，表示你「把大家都算在內」。而這個句型，也可以換個說法，把 cut 當成名詞解，講成 "give you a cut"，也就是「算你一份」的意思。

❹ I've got news for you. 你最好搞清楚

跟人家吵架時，有時會故意撂下一些狠話，這時候就可以說 "I've got news for you."，也就是「你最好搞清楚」來作為一個開頭的引言，接下去的就可能是一連串難聽或傷人的話了。

⑤ We'll see about that. 咱們走著瞧！

當有人大言不慚，而你卻不以為然時，就可以回他這句「咱們走著瞧吧！」"We'll see about that."；或者對於某件方案、計畫不確定其可行性，需要再評估時，也可以說 "We'll see about that."，這時的意思就該解釋為「我們再評估看看。」當然，若是心存不軌想看某人笑話，"We'll see about that."（我們等著看吧。）這句話也是很好用的喔！

⑥ I mean that. 我是認真的

無論是 "I mean that." 或是 "I mean it." 都指「我是認真的。」這句話不但好用也好記。當你怕說的話別人不當真，或是想要強調自己說的話是發自內心時，就可以搬出這個句型一用。當然，還有一種情境，就是故意講很誇張、沒人相信的話，講完後也可以搬出 "I mean that."，在這種狀況下，就有些故意開玩笑，假裝當真，實際上卻不當真的感覺。

9 大英語
面試陷阱題攻略

記住！通過英語面試的關鍵不在你說得有多溜，而是你有沒有聽出言外之意，要聽出「他在意什麼？」

「英語面試特訓」是上班族跳槽或要轉戰外商常有的需求。但多數學生以前都放錯重點：關鍵不在你英語說得有多溜，而是你有沒有聽出言外之意。試想：面試主管每天要面談多少位應徵者，因此他們會用陷阱題來快速刷掉不適合的人選。因此，不要聽到 key word 就想作答，要聽出「他在意什麼？」以下是 9 大面試陷阱題，請做好準備。

❶ Why have you been out of work so long, and how many others were laid off?

（你這麼長時間沒有工作的原因是什麼？有多少人和你一起被資遣？）

言外之意：What is wrong with you? 如果被資遣的人不多，也許預算削減只是前公司擺脫較差員工的說法？

最佳回答：I don't know the reason. I was an excellent employee who gave more than a day's work for a day's pay.

❷ If employed, how do you manage time for interviews?
（有工作的狀況下，你會怎麼安排面試時間？）

言外之意：你之後會不會欺騙雇主？如果現在你會利用上班時間出來面試，那麼你大概也會這樣對下一家錄用你的公司。

最佳回答：I'm taking personal time, and I only interview for positions that are a terrific match. 告訴面試主管，如果這份職缺有後續面試，也別忘了安排在非上班時段。

❸ How did you prepare for this interview?
（你怎麼準備面試？）

言外之意：你真的在乎這份工作，還是在碰運氣？

最佳回答：I very much want this job, and of course researched it starting with the company website. 不要真的著墨在怎麼準備，秀出你準備好的內容——對這個產業的知識、對這個公司或部門最近發展的看法。

❹ Do you know anyone who works for us?
（有沒有認識的人在我們公司？）

言外之意：近朱者赤……

最佳回答：只說出你確定對這個組織有所貢獻的名字。小心，我們大多認為有「關係」的幫助很大，但前提是你的朋友真的在公司形象良好。面試主管很可能認為你和你的朋友有類似特質。

❺ Where would you really like to work?
（你真正想工作的公司是什麼？）

言外之意：你看到什麼職缺都投嗎？

最佳回答：This is where I want to work, and this job is what I want to do. 千萬不要提出任何公司或其他職位，你應該強調自己是這份工作的最佳人選。

❻ What bugs you about coworkers or bosses?
（怎樣的同事或老闆會讓你困擾？）

言外之意：你是難以共事的人嗎？你會打擊士氣嗎？

最佳回答：I can't recall anything in particular. 說什麼困擾都可能顯露相處上的問題，最好還能稱讚前老闆和同事，這才能顯現你的正面態度和自制力。

❼ Can you describe how you solved a work or school problem?
（描述你在工作中或學校解決的問題。）

言外之意：你做事有方法嗎？解決問題有邏輯嗎？

最佳回答：著重解決問題的方式、技巧、你對團隊的貢獻。這個問題其實也是基本題，但是太多人沒有事先準備好這樣的案例，錯失展現自己工作能力的機會。

❽ Can you describe a work or school instance in which you messed up?

（描述一件工作或學校中搞砸的事情。）

言外之意：你會一錯再錯嗎？你有自覺嗎？

最佳回答：My intention was to...；What I learned from this case is... 簡單提一個小的、善意導致的失誤，重點放在學到什麼、怎麼把經驗應用在下一次。

❾ How does this position compare with others you're applying for?

（和其他面談的工作比較起來，這份工作如何？）

言外之意：他在收集人資市場資料，以及錄用你需要花多少力氣。

最佳回答：

1. I respect the privacy of the organization I interview. 你的策略可以是不透露其他公司的隱私。

2. I've received an offer / a few offers from... 讓對方知道你已經被他們的對手錄取，提高籌碼。

但無論哪個回答，都應該回到 "Have I found my destination here?"（我得到這份工作了嗎？）

參考資料：http://www.forbes.com/sites/jennagoudreau/2012/02/23/
watch-out-ten-interview-questions-designed-to-trick-you/

4種「全力以赴」的說法

要表示自己盡了全力，除了 do my best，還能怎麼說？

升遷加給一定和績效呈正相關嗎？從主管到上班族，可能很多人會說 "No!"。軟實力在職場中越來越被看重，有一句話說：「態度決定高度。」想要讓老闆聽見你的態度，以下列舉 4 種「盡全力」的說法。

❶ apply oneself to something 專心致志

apply to 是指「應用於」，若 apply 後面接人物受格，指專心致力於某事。例：

If we apply ourselves to this project, we can finish it in one week.
（如果我們專心致力這項計畫，1 週就可完成。）

❷ all-out effort 全力投入

all-out 當形容詞，即指「竭盡全力、毫無保留」。例：

Everyone has to make all-out effort if the company wants to expand the export markets.
（如果公司想要拓展外銷市場，全體員工都必須全力投入。）

❸ leave no stone unturned 全力以赴

原意的確是「把每一塊石頭都翻過來」，相傳是古希臘時代，某位先知告訴世人，若想找到寶藏，必須把每塊石頭都翻過來找，後來就逐漸延伸為全力以赴。例：

The boss says no matter what we do, we have to leave no stone unturned and do what we can.

（老闆說，不管我們做什麼事，都得全力以赴、盡力而為。）

❹ with heart and soul 全心全力

一旦心臟和靈魂都投入了，當然就是表示真的要「全心全力」達成任務。例：

Helen is equipped with extraordinary abilities. I back her with heart and soul.

（海倫能力出眾，我全心全力支持她。）

用 yet 創造正向能量

通常用在否定句的 yet，可能會讓人感覺受挫；但另一面卻也暗示著「大有成長空間」，用得好，反而能激勵人，讓你 1 秒變身受歡迎主管。

yet（還、尚）多半用於否定句，乍聽是個負面字眼，但其實如果拿捏好用法，它也可以創造正面能量；尤其是當上司建議下屬時，語句中加了 yet，差很多，因為它暗示著未來有望，帶給下屬正面鼓舞，職場氛圍馬上動起來。請看以下例句。

① 否定語氣

1. You are not experienced enough to handle the campaign on your own, yet.
   （你尚未具備獨自負責這項活動的經驗。）

2. You don't yet have the connections to make this deal happen.
   （你的人脈還不足以達成這筆交易。）

請注意：yet 除了放在句子最後，也可放在助動詞後面。

3. Your presentation skills are not proficient for attending the regional workshop, yet.

（你的簡報技巧還沒有熟練到能參加區域研討會。）

❷ 肯定語氣

yet 也可用於肯定語氣的句子，若 may / might / can / could 後接 yet 表示依然有可能。用於打氣的時候就這麼說：

Don't give up! Our team may yet win the competition.

（別放棄！我們還有機會贏。）

此外，和 yet 很接近的一個字是 still，也是「仍然」、「還是」之意，但和 yet 仍有分別。如：We are still waiting for Jason.

5句「好人緣」英語
幫你加薪升官

> 短短幾句不落俗套、讓人聽了心情愉快的話，不但能讓團隊
> 氣氛更好，也替自己贏得好人緣，說不定還有機會因此當上
> 主管。

許多研究都指出，職場健康與升遷加薪都和人緣息息相關，試想：朝九晚六的白領上班族，每天與同事共處 8、9 個小時，若關係不佳，哪來好氣色？維繫良好人際關係的不二法門就是讚美、關心、認同與鼓勵。以下幾句簡單好記的英文正是加分利器。

❶ 想讚美「你真的很棒！」最好這麼說

（○）You're the cream of the crop!

（△）You're great.

與其俗套說 "You're great."，何不乾脆一舉將對方捧上天？ crop 是農作物、cream 是奶油，外國人覺得是整個蛋糕的精華，所以 the cream of the crop 就引申為「人中之龍」。

❷ 表達關心時，可說「這完全就是你的調調」

（○）It's so you!

（△）This is your style.

用 style 會顯得太過正經八百，但若是一句由衷的 "It's so you!" 或 "It's totally you!" 一來是種肯定，二來可讓對方感受到你對他的了解與關注。

❸ 表示認同時，「我完全贊同你的說法」可要說對

（○）I couldn't agree with you more!

（×）I couldn't agree with you anymore!

這句話直譯是「不能同意你更多」；換言之，也就是「完全贊同你的說法」，但差一個字差很多，若是用了 anymore，可就變成「我再也不能同意你了」。

❹ 鼓勵對方時，可說「別灰心！」

（○）Never say die!

（×）Don't be discouraged.

這句話直譯是「別說死！」但其實是鼓勵他人「別放棄。」當我們說某人有 a never-say-die attitude，就是指對方具有百折不撓的精神。"Don't be discouraged." 則不合習慣用法。

❺ 想結束一天的工作時，說這句話能讓大家心情愉快：「我們收工吧！」

（○）Let's call it a day!

（×）Let's stop the work!

對於常要開會、加班、趕案子的同事來說，聽到這句話會像是「旱地逢甘霖」。a day（一天）在此是指整天的工作或活動，call it a day 就是指「讓一天的工作或活動結束」。"Let's stop the work." 有可能被誤解為「不再」做這項工作。

You look exhausted. Let's call it a day!

（你看起來筋疲力盡了，我們收工吧！）

SECTION 10 讓你的信任指數立刻上漲的 7 句話

可以展現出熱忱、信任、禮貌與行動力的話，就是職場晉升的通關密語。

❶ I'll get right on that. 我立刻去做。

效率、效率、效率。職場最重視效率。假如你工作又好又快，會聽到人稱讚你："You have a lot on the ball."，這是指機敏、有能力，而且有效率。你接到一項任務時，可以說："I'll get right on that." 表示會馬上進行；或是這樣說："I'll get that to you by 5 P.M."

❷ I trust your judgment. 我相信你的判斷。

默契與信任。這句話言下之意："You have my permission. I believe in you. Now, go make it happen."（我同意、我相信你。好吧，去做吧！）這樣的話能讓屬下或同事備感振奮，想為你赴湯蹈火。

❸ Tell me more. 多說一點吧！

我在聽呢！這句話是告訴別人，"I am all ears."，我在洗耳恭聽，這樣一來，別人是不是更有說話的勁兒了？當你表達興趣時，對方多半有善意的回應，這樣你就能促成一次有成效的交流。

❹ I'm on it. 我來搞定！

叫人放心，你可以說：「輕鬆一點，別擔心。我會親自搞定它的。」這樣的承諾會讓所有人都安心。有能力做出進一步承諾時，你可以說 "You have my word."（我向你保證。）

❺ Why don't we... / What if we... 何不這樣做？

不受限於框框。創意會讓你成為職場的靈魂人物。有好的想法，不要害怕表達！這能表現出你創新、進取和積極尋找改進公司營運方式的特質。"Why don't we...?" 或 "What if we..." 是表達想法的好句型，它經常能幫我們 "think outside of the box"，不在原來的框架裡打轉。或者你不那麼強勢，可以選擇威脅感低的 "I was thinking that it might be a good idea to...?"。當然說了這話，要有心理準備可能會被否定，畢竟不是所有的點子都會 overnight hit（一夕成功）！

❻ My pleasure. 樂意之至！

溫暖誠意。如果你充滿誠意地說，這句話會產生一種微妙的心理作用，你的溫暖馬上就渲染開了。

❼ Thank you. / Please. 謝謝／請

謙虛有禮。簡單的 please 或是 thank you，就能幫你帶來好人緣。就算關係很好的同事或老闆，禮貌也不可少；請人幫忙，儘管是小忙，像詢問資訊之類的，也不要忘記用 please，別人幫了你之後，告訴他們："Thanks for your help!" 就算是上司對屬下，你加個「請」字，員工才不會覺得自己是接受命令工作。

10句最有力量的讚美

> 讚美是最 powerful 的語言，不管你的英文流不流利、發音好不好聽，只要是讚美人的語言，肯定都動聽！

你知道最有力量的話是什麼嗎？想像一下，你上台簡報，結束後回到座位時，坐在旁邊的老闆小小聲在你耳邊說："Way to go!"（這樣就對了！）你會不會一陣溫暖，覺得熬了一整個禮拜的夜都值得了？

"Everyone wants to be appreciated, so if you appreciate someone, don't keep it a secret."（每個人都渴望有人欣賞，所以如果你欣賞某個人，不要隱藏。）這是玫琳凱化妝品創辦人玫琳凱・艾許（Mary Kay Ash）的一句名言。

以下列舉 10 句好記又好用的英文短句，請隨時用來讚美周遭的人：

I admire you!（我佩服你！）

I'm impressed!（我被打動了！）

You're awesome!（你真了不起！）

You're incredible!（真令人難以置信！）

You did a great job!（幹得好！）

You're looking sharp!（你看起來真棒！）

You're really talented!（你真有天分！）

You're very professional!（你好專業！）

I like the way you handled that!（我喜歡你的做法！）

I'm very pleased with your work!（我對你的成果非常滿意！）

還有一些慣用語，你也可以學起來，以便給他人較為正式的肯定：

❶ put on a good show 表現優異

Our players put on a good show in the Olympic Games.

（我國選手在奧運會中表現優異。）

❷ make headway 大有進步

My daughter has made headway in her studies since she got a new teacher.

（換新老師後，我女兒的功課大有進步。）

❸ make a splendid showing 表現傑出

My colleague made a splendid showing at the meeting with clients.

（我的同事在與客戶的會議中表現傑出。）

❹ stand in awe of someone 很敬佩

Helen has a very successful business. I stand in awe of her.

（海倫的事業很成功，我很敬佩她。）

老闆稱讚你？
誤會大了！

當老闆對你說 "I almost agree." 時，可別高興得太早，其實他的話中話是……

英文有很多委婉、好聽的說法，一來不得罪人，同時也幽默，但聽話的人一定要聽得懂話中有話。一個外商銀行工作的主管就說她有過這種切身之痛，明明英國老闆講的每一個字、每一句話她都懂，但常常就錯在這「言外之意」的誤解。

聽懂言外之意，請把自己放在老闆的角度，想想他為什麼要那樣說？從他說話的動機，不難找到開竅的關鍵。一起來看看 6 句話中有話的句子。

老闆說：

① I hear what you say. 我聽到你說的話了。

你以為 → He accepts my point of view.
（他接受我的觀點。）

他是說 → I disagree and do not want to discuss it further.
（我不贊成也不想再討論。）

❷ This is a very brave proposal... 這個提案很大膽……

你以為 → He thinks I have courage. （他覺得我很有勇氣。）

他是說 → You are insane. （完全沒道理。）

❸ Oh, incidentally / by the way... 順道一提……

你以為 → That is not important. （接下來的話不重要。）

他是說 → The primary purpose of our discussion is...
（我們討論的重點其實是……。）

❹ I only have a few minor comments. 我只有幾個建議。

你以為 → He has found a few typos. （他找到我幾個錯字。）

他是說 → Please rewrite completely. （請全部重寫。）

❺ I almost agree. 我差點要同意了。

你以為 → He's not far from agreement. （他快同意了。）

他是說 → I don't agree at all. （我一點也不贊成。）

❻ Could we consider some other options? 能不能考慮其他的意見？

你以為 → He hasn't decided yet. （他還沒有決定。）

他是說 → I don't like your idea. （我不喜歡你的想法。）

老闆有說，你有沒有懂？

誤解了這 4 個片語，小心老闆不高興！

潔西卡上呈老外主管一份行銷建議書，得到以下回覆：You need to make out a case for your suggestions first. 潔西卡心想：「這是全新行銷手法，我上哪去找案例呢？」只得再度請示老外主管。對方才說：No! I just need you to explain more about your suggestions.

如果潔西卡知道 make out a case for 是指「提出做某件事的充分理由」，就不會有誤會。以下是常讓人誤解的用語，看看你是不是也有聽沒有懂。

❶ double time

（×）兩倍時間
（○）雙倍工資

double time 可不是指雙倍時間，而是指付給加班者的雙倍工資。例：

Who would like to take this job? I will offer double time for it.
（誰願接這工作？我提供雙倍工資。）

❷ fill the bill

（×）填好表格

（○）符合要求

這裡可不是叫人來「填表」，而是在問有誰「正合需要」或「能解決問題」。例：

There's a job opening here. Do you know anyone who may fill the bill?

（我們有一個職缺，你知道誰符合要求嗎？）

❸ in black and white

（×）黑白分明

（○）白紙黑字

black 和 white 指黑字和白紙，所以 in black and white 意思是白紙黑字寫下來或印出來的書面形式。例：

I want you to reach this agreement in black and white as soon as possible.

（請盡快達成書面協議。）

❹ keep one's eye on the ball

（×）看著球

（○）集中精力

keep one's eye on the ball 是體育用語，指打球時須雙眼緊盯球，現在則特別用來比喻在工作上專心致志。注意：eye 固定都用單數，不加 s。例：

John, your sales record is way down the past quarter. You'd better start keeping your eye on the ball.

（約翰，過去一季你的銷售成績一直很差，你最好開始專注在工作上。）

當老闆說 Fire away! 你應該……

老闆發火了嗎？你該正襟危坐嗎？放輕鬆一點吧……

淺白的單字配上介副詞／介系詞，意義往往不簡單。Mary 參加外商公司英文口試，一開始便用流暢的英語對談。正當她從主考官臉上笑容推敲自己「過關」之際，卻被一句 "OK. Fire away!" 給打敗。以下列舉 4 句每個字都懂，組合起來卻讓人會錯意的片語。

❶ Fire away!（開火吧！→ 開始提問吧！）

fire away 原意的確是「開火」，但用在祈使句時，指「開始輪番提問」，用這片語常是希望讓氣氛輕鬆點。例：

OK! Fire away! We are waiting.

（好了，開始提問吧！我們正等著呢。）

❷ Let's play it by ear!
（我們憑耳朵演奏吧！→ 我們看著辦吧！）

play by ear 的來源的確和音樂有關，指的是會演奏卻不會看五線譜的人，只能憑藉記憶來演奏。現今已引申為「隨機應變、見機行事」。例：

I haven't had a chance to prepare the presentation. So I'll just play it by ear!

（我沒來得及準備簡報，只好隨機應變了！）

❸ It's above me.（在我上方 → 我不明白。）

這是一句需要看前後文的短句，above 當介系詞時，通常解釋為「在……之上」。例：

In the company, Helen ranks above Jack.
（在公司裡，海倫的位階比傑克高。）

然而，當 above ＋人 時，則意為「超出某人理解 / 能力之外」。例：

The novel is above me. I really regret buying it.
（我看不懂這本小說，真後悔買下它。）

❹ That's flat.（那是平的 → 絕對如此。）

flat 多半意為「平坦」，但也有「斷然」之意，"That's flat." 正是引申的慣用語，意為「絕對如此、毫無疑問」。例：

Jenny still has no boyfriend, and that's flat.
（珍妮還沒有男朋友，肯定沒錯。）

贏家不會說 I will try.

> 贏家和輸家的差別是：輸家說 "I will try."，贏家說 "I will do it."

有位銀行業主管說，下屬常講「我會盡力。」（I will try.）他原以為這句話很正面，直到深入了解英文才恍然大悟，它其實是「輸家」的語言。因為「盡力了」就是在給自己留後路：成功也好，失敗也罷，試試無妨。這樣哪來的破釜沉舟決心？贏家不說 try，說的是「我會辦到！」（I will do it.）結論是：贏家要立場堅定，用詞要展現主動，如果立場搖擺，用詞又多被動，恐怕就會被視為輸家了。

輸家：Something must be done.

（有些事得要有人去做。）

贏家：I must do something.

（我一定要做一些事。）

要做一件事源自於內在動力，不是屈就「不得不做」的客觀形勢。

輸家：It's the way that's always been done. Nobody knows.

（一直都這樣做啊！誰知道？）

贏家：There's a better way. Let's find it out.

（有更好的方法。我們一起努力找出來吧！）

你永遠在找更好的方法，還是只想得過且過？

　　輸家：Losers use soft arguments but hard words.

　　　　（輸家立場搖擺，但用字尖銳。）

　　贏家：Winners use hard arguments but soft words.

　　　　（贏家據理力爭，但用詞委婉。）

理直不必氣壯，道理越硬，說話就要越軟。想想，你是不是走反方向
了？

　　輸家：Losers let it happen.

　　　　（輸家被動等待時勢。）

　　贏家：Winners make it happen.

　　　　（贏家主動創造時勢。）

這句話是學英文的經典，一語帶出 make 和 let 的差別。兩者都是
「讓」，但 make 是「要使力」，而 let 是「不使力」的讓，因此盡可能說
make 而別說 let，才不會被看成輸家。

讓老闆聽了就開心的形容詞

如果你有機會負責口頭報告公司的財務狀況，而公司業績也可圈可點，那麼這裡告訴你的用詞，可能會讓老闆大方分紅喔！

接著來看一些「讓老闆充滿希望」的形容詞。

以下是一個典型的 quarterly meeting（季報），ABC 公司向投資人報告第 4 季的財務狀況，如果你的公司也賺錢，財務報表漂亮，就多唸幾次這一段，把 ABC 公司換成你的公司，用英文分析一下公司賺錢的原因是什麼，用上「讓老闆充滿希望」的形容詞。

特別注意這段報告當中被畫上底線的形容詞，"strong results"（走勢強勁）、"a healthy balance sheet"（漂亮財報）、"solid performance"（穩健績效）、"the impressive results"（表現搶眼）、"strategic position"（戰略位置）。

Thank you for joining our conference call for the fourth quarter 2013 results. With me is Mike Lee, our chief financial officer.

ABC **continued to deliver** <u>strong results</u> in the fourth quarter of 2013. We are clearly **benefiting from the strong global demand** for improved power infrastructure, increased industrial efficiency and the need for energy savings.

On top of that, our efforts to further improve our business performance continue to **pay off**.

Our **net income growth more than doubled in size**. These are impressive results.

(To summarize) We continued to deliver strong results in the fourth quarter, **building on the good start we made in Q3**. ABC has **a healthy balance sheet**, the strategic position to create success, and we look forward to solid performance in the coming quarters and years...With that, ladies and gentlemen, I'll open up now for questions.

【重點詞彙】

1. continue to deliver strong results 持續表現搶眼

2. benefiting from the strong global demand 受益於國際市場龐大需求

3. on top of that 除此之外，有加強語氣「更重要的是」

4. pay off 這裡是指獲得報償、值回票價的意思

5. net income growth more than doubled in size 淨利成長超過 2 倍

6. building on the good start we made in Q3 在第 3 季的好開始上，繼續累積

7. balance sheet 資產負債表

8. strategic position 戰略位置

爾虞我詐的
辦公室政治

> 當你的專案主管和你的直屬主管看法不同，讓你不管怎麼做，都無法同時討好兩邊時，你就陷入了 Catch 22 situation……

有人的地方就有政治，辦公室當然也不例外。老美喜歡稱 office 叫 workplace，所以辦公室政治就是 office politics，或是 workplace politics。

對有些人來說，辦公室政治是個禁忌詞彙，卻也是職場的必修學分，仔細看也沒有那麼難，不過是職場上人與人的不同、觀念的差異、利益的衝突……的綜合表現。以下來看看西方人眼裡的 office politics：

❶ carrots and sticks 恩威並施、軟硬兼施

carrot，我們熟悉的意思是「胡蘿蔔」。英文裡 carrot 還有一個引申意思，指甜頭、好處、誘因，很口語的一個字（正式的用法是 incentive）。過去人們要讓硬脾氣的驢子前進，會在前面放一根胡蘿蔔加上用一根棒子在後面趕牠。所以就有了 carrot and stick，意思就是威迫利誘、軟硬兼施。例：

The management decide to adopt a carrot-and-stick approach.
（管理階層採取恩威並施的措施。）

❷ flatter / brown-nose / kiss up / suck up 拍馬屁

拍馬屁在英文裡有很多種說法，從開玩笑式的 flatter 到 suck up 都是。拍馬屁原是一種討好，用 flatter、please 指人嘴巴甜，專講一些讓人愛聽的話。例：

Stop flattering me like that.
（少那樣拍我馬屁。）

還有 brown-nose / kiss up / suck up 這三組字都有鮮明的意象：brown-nose，鼻頭怎麼會是褐色的？因為彎腰跟在別人屁股後面，結果鼻頭沾上對方的糞便，所以拍馬屁之人，就用 brown-noser，夠傳神吧！例：

I don't like Peter. He's such a brown-noser.
（我不喜歡彼得，他真是個馬屁精。）

suck up 是舔，kiss up 是親，親或舔人屁股可以想見是怎麼一回事。馬屁精也可以說成是 ass-kisser。例：

I can't stand the way that you suck up to her.
（你老拍她馬屁，這種做法可真讓我受不了。）

❸ backbiting 背後捅刀、搬弄是非

背後講人壞話，英文就叫 backbite，有人在背後咬，是非常直接的講法。backbite 是動詞，這種行為叫作 backbiting，而從事 backbiting 的人自然是 backbiter。例：

We don't want a backbiter in our office.

（我們不要在辦公室搬弄是非的人。）

I didn't enjoy working there – there was too much backbiting.

（我不喜歡在那裡工作，因為那裡的人太愛背後說別人壞話。）

❹ Catch 22 兩難、怎麼做都錯

辦公室裡常常有這樣的難題。中文有一個比喻很貼切，豬八戒照鏡子，裡外不是人，不管怎麼做，都無法同時討好兩邊的狀況。這個情況可以用 Catch 22，這是從小說和電影裡借來的字。*Catch 22* 原本是一本小說名，作者是約瑟夫·海勒（Joseph Heller），講二次世界大戰的故事，男主角假裝瘋癲以避免危險的作戰任務，後來延伸為形容進退兩難或無法從複雜的問題逃脫的情況。例：

If you don't have a place to stay, you can't get a job and with no job, you can't get an apartment. It's a Catch 22 situation.

（如果沒地方棲身，就無法找工作，沒有工作，就無法租房子。怎麼樣都不對啊！）

說出
專業味

說話是一門藝術,中外皆然。就算別人問話,你沒有答案,只是換個方式說 "I don't know.",反而可能開啟另一扇合作的門;講漂亮英文,未必要塞滿形容詞或艱深的字彙,用一些精簡的片語,反而顯得更道地。

讀完這章,你可能會發現,自己犯了好多毛病。原來說 double confirm 是錯的;老是把 I know.、Of course. 掛在嘴邊,反而惹人嫌;話說完了,其實不該用 "That's all." 作結語⋯⋯

本章也教你如何變身化解僵局衝突的高手、如何留住好人才、如何讓人專心聽你做簡報,再不濟,你也學到如何用英語發發工作上的牢騷。

SECTION 18

不要再說 double confirm 了！

> double 是「雙重」、「兩倍」的意思，和「再一次」不一樣。re 則是「再一次」或「重新」的意思。有時可通用，有時不行喔！

有一次我聽到學生和老師的對話，學生想要確認下一回上課時間，他說：

I would like to double confirm the schedule for next week.

這句話聽起來沒問題，但其實是錯的！

老師指正他說，美國人大概知道 double confirm 是什麼意思，但是他們不這麼講的。你也許會愣一下，因為很多人都這麼說的。

double confirm 不是英文，這種說法據說是新加坡傳來的，講慣了就以訛傳訛，夾雜在我們的中文、英文裡。這麼說有何不對嗎？我們先來看 double 這個字好了。

多數人以為 double 就是 re ，「再一次」的意思。其實 double 和 re 的意思不一樣。

re 是「再一次」或「重新」的意思，例如：reopen 是「重新開張」或「重新經營」、refresh 是「重新提起精神」、remodel 是房子「改裝」、「再檢查一次」用 recheck，還可以。

double 是「雙重」、「2 倍」的意思，和「再一次」不一樣。例：

The room has double doors.（這房間有雙層門，double 當形容詞）

I am willing to pay double.（我願付雙倍的錢，double 當副詞）

比較一下這兩段的不同：

double-lock a door → 指用兩道鎖把門鎖好（像鑰匙轉兩次把門鎖好那樣）。

relock a door → 指重新鎖上（可能原來沒鎖好）。

假如要再次確認，reconfirm 這字是通的；double confirm，會變成「雙重確認」，感覺起來是要一道、兩道確認程序，不符合「再次確認」的意思。

還有一個字是 double check，也是很普遍的說法，意思是「再確認」。double check 也可以用來指用兩種方法核對，但多半情況是指「小心謹慎」，英英字典上的解釋是：

A careful re-inspection or reexamination to assure accuracy or proper condition; verification.

它也可當動詞，看一看例句：

I double checked that the file was attached.
（我小心檢查過檔案已經附上。）

Don't forget to double check the reservation.
（別忘了要再確認訂位。）

不一定指檢查兩次，只是傳達慎重的意思。如果你用 rechecked，意思是「再檢查一次」。在某些情況下 double check 和 recheck 也可以互通，例如：

I checked and double checked / rechecked, and found nothing wrong.

（我反覆核對後沒發現什麼錯。）

與人「再」確認日期，不用 double confirm，那要怎麼說呢？最簡單的，你可以直接用：

I called to reconfirm the date.

或者你可以說：

I called for second confirmation.
I called to confirm again.

記住了，不要再說 double confirm，用 double check 或 reconfirm / confirm again / for second confirmation 都可以。

用多惹人嫌的 Of course.

> "Of course." 是最常被濫用的英文短句，我們常用得理直氣壯，渾然不知得罪了人。

來看看下面兩個例子：

A: Do you hear what the boss said?（你有聽到老闆說什麼嗎？）

B: Of course!（當然）→ 隱含：我怎麼可能沒聽到！

A: Do you speak English?（你會說英文嗎？）

B: Of course!（當然）→ 隱含：我怎麼不會講！

我們經常很理所當然的把 Of course. 當作 yes 來回答，中外皆然。《紐約時報》（ New York Times ）曾刊出一篇文章＜ Of course, of course ＞，作者在當天《紐約時報》某一天的新聞裡，挑出了幾個不必用 Of course. 卻用了的例子。他說，Of course. 幾乎變成了新聞口頭禪。講「當然了。」用意固然是強調，但有時它經常會表露出高傲、目中無人的態度。

文章裡出現的 Of course.，很多是可以省略的。我們來看看口語對話中怎麼用這個詞。

錯誤示範：

A: Do you know how to spell the word?
B: Of course.

這時用 Of course. 就顯得自大了。這裡面隱含著 "What a stupid question!"，我怎麼可能不會。這時候你回答 "Yes. / sure." 都可以。

Of course 用好，也可以恰如其分。當你說 Of course. 時，表示這是一件不證自明的事。例如：

A: Can you help me?
B: Of course!

你很樂意幫忙，用 "Of course!" 意思是：「我當然願意幫助你了，這還用問嗎？」也可以用 sure / certainly。

Of course. 的否定是 Of course not.。例：

A: Do you mind if I open the window?（你介意我開窗戶嗎？）
B: Of course not.（當然不會。）

這時候，"Of course not." 來得正是時候！

SECTION 20

習慣說 I Know.
小心得罪人！

同樣是「說服」，convince 是要人從心裡相信，persuade 是要人採取行動。同樣是「知道」，用 "I understand." 會比 "I know." 顯得有禮得多。

CHAPTER
2

說出專業味

常用英文的人都有一種共同感覺：到底要用哪一個字呢？我想說服他做一件事，是 persuade 還是 convince ？某人和你的老闆約了見面，他一到，你說：老闆在等你。這等是 wait for 還是 expect ？你講的我了解了，用 I know. 還是 understand ？

以下一起來看看一些意思相近、容易搞混的字。

① convince / persuade

convince 和 persuade 這兩個字都有「說服」的意思，差別在於 convince 強調的是「說服某人從心裡相信一件事」。

> He hoped that he could convince the jury of his innocence.
> （他希望說服陪審團他是無辜的。）

persuade 強調說服某人去做一件事，強調的是行動。

> He finally persuaded them to buy it.
> （他終於說服他們買了。）

convince / persuade 同時出現在一個句子裡，更容易比較：

By convincing me that no good could come of staying, he persuaded me to leave.

（他讓我相信留下來沒有好處，因而說服我離去。）

② expect / wait

這兩個字都是「等」的意思。wait for 是指在一個地方待著，不採取任何行動，一直等到某事發生，「等候、等待」的意思；而 expect 經常是等待預期中的事，例如：你和某人約了，你等著他來。

Then I'll expect you at exactly ten o'clock.（那麼我會在 10 點整等你。）

We are waiting for a bus.（我們在等公車。）

③ know / understand

這兩個都是很常用的字，I know. 和 I understand. 中文說「我知道」、「我了解」，但英文意思卻不一樣，用錯了還有可能得罪人。

別人和你講話時，你一直說 "I know."，那人肯定不高興。"I know." 意思是說「我知道的」，言外之意是「不必你來告訴我」，特別是在別人指出什麼東西你做得不對的時候，一句 "I know." 可能被誤會，明明知道了還這樣做，簡直是「明知故犯」。

"I understand." 是了解對方的說法，意思是 "I see what you mean." 或 "I understand what you mean." 別人說了一段話，我們理解了，經常用 "Understood!" 一個字就代表一句話。有學生問，為什麼了解到要用過去式，這句話其實不是過去式，是 "It's understood." 的簡略。

換個聰明方式說 I don't know.

> 換一種方式說 "I don't know."，可能會開創出更好的機運！

"I don't know." 這句英文因為太簡單、容易上口，變成了很多人的擋箭牌。但你知道嗎？它是最沒有用的一句話。不但阻礙溝通，也傳遞一種不負責任的印象。

美國公司 Thinx 是一家帶來革命性產品的新企業，它把女性內衣、社會企業、創投三個看起來很不搭的概念做完美整合，徹底改良女性內衣的品牌，不但在 Kickstarter 上募足超乎預期的資金，更帶來億萬美元市場商機。它的創辦人米姬・艾葛拉瓦（Miki Agrawal）說，自己原本對高科技服飾一無所知：

I'm not afraid to say "I don't know." I think an investor is going to respect you a lot more if you say "I'll get back to you about that."

（我不是怕說「我不知道」，但我想如果你說「等我（查）一下後回覆你」，會贏得投資人更多尊重。）

A smarter way to say I don't know，你有很多更聰明的方式告訴別人「你不知道」。一旦你腦中想著 "I don't know."，溝通就喊卡了。職場上，聰明的 "I don't know." 說法，都應該要能創造良好的下一步合作：

❶ I'll get back to you about that ASAP.

"get back to someone" 還不清楚事情的細節或還沒辦法決定，都可以這樣告訴對方。加上 ASAP 也讓人覺得會得到有效率的回覆。

❷ I'll find out.

我會弄清楚、我會確認，同樣是不知道，這個說法積極多了。如果是對方想要釐清的情形，也可以說 "I'll find out for you."。

❸ What would you suggest?

還不知怎麼做並不會讓你不如人，運用對方經驗也是很好的合作方式。

❹ I'm not sure if I get what you mean. Are you saying...?

不懂對方的意思，說 "I don't know what you mean." 其實很無禮。告訴他，我不太確定自己有沒有弄懂你的意思，再跟他確認你理解的部分，讓討論往下走。

❺ I'm not sure about this, but I do know that...

這一點我還不太確定，但我可以確定的是……。給出一些肯定的資訊或方向，還是可以幫助雙方做判斷、做出決定。也許就像 Thinx 這家公司，到頭來 What you don't know does not hurt at all.

面談完畢
別用 **That's all.** 作結語

SECTION **22**

中文聽起來很簡單的「我說完了」，在英文卻有「沒自信」
或「無奈」的意味，那該怎麼結束談話呢？

CHAPTER
2

說出專業味

工作面試的尾聲，當面試主管問你：Is there anything else you want to
add?（還有沒有要補充的？）很多人不假思索就回答：That's all! 或
者，當簡報結束時，常聽到有人用 "That's all!" 當結語。

在所有溝通的場合，last word（最後的一句話）就是別人印象的停駐
點，一定要留下好印象，但是 "That's all." 和類似的句子，都不是留
下好印象的說法。例如：

> That's it.
> That's about it.
> That's all I have to say.

在中文聽起來是很簡單的「我說完了」，但在英文裡卻有負面的意思，
傳達一種沒自信或莫可奈何的情緒，聽在老外耳裡就像在說：

> I don't have anything else to say.（我無話可說了。）
> There is nothing else I want to say.（沒有想說的事了。）
> There is nothing else I could / would say.（我還能說什麼。）

"That's all." 是不是就不能用了？或者這個字怎麼用？我們來看看：

1 表示「無關緊要」：沒別的／沒事／沒什麼／事情就是這樣。如：

A：How are you feeling？

（你感覺怎麼樣？）

B：Fine. Just a little tired. That's all.

（還好，只是有點累，沒事。）

2 表示沮喪或無可奈何，意為：沒有（別的）辦法。如：

If all the tickets are booked, we shall have to stay at home, that's all.

（如果全部機票都已賣完，我們只好留在家裡，沒有別的辦法。）

That's all; you may go now.

（就這些，你可以走了。）

3 表示說話或做事完了（或暫時完了）。意思是：完了；……就這些。如：

A：Would you like fries to go with that?（要不要薯條啊？）

B：No, that's all.（不要了，就這樣了。）

一定有人會好奇，不能說 "That's all."，要怎麼做 ending 呢？

interview 結束後，如果有人問你要不要補充，這是自由發揮題，好不容易機會來了，就自信地說 yes 吧！

在 presentation 裡把 "That' all!" 去掉，什麼也沒少，這根本只是贅字。簡報結束，用 "Thank you for your time." 或是 "Now I'll try to answer any questions you may have." 當結語，都是很好的說法。

3個句子，
練習說得傳神

自嘲笨手笨腳，説 "I am all thumbs."，比直接用形容詞説
"I am clumsy." 高明一些。

一位在科技產業工作的學生説，她學習英文最大的願望是，不要講英文
有中文味道，希望自己的英文生動、傳神。

有這樣期許的人，英文都有一定水準，只是「形」都對了，但「神」還
沒有準。要讓自己英文傳神，關鍵在一些簡單、有想像、有動作的字。
這些字都不難，也因為太短、太簡單，一不留意就忽略了。

❶ 那個女服務生打量我們 2 秒鐘。

直譯句：The waitress judged us from heads to feet in two seconds.
傳神句：That waitress **sized us up** in two seconds.

size up 這個片語意思有點像把東西放在手上，試一下斤兩。也就是
「判斷或估計」、「品評」、「迅速對某事做出判斷」。例：

They sized each other up at their first meeting.
（他們初次見面時特地打量彼此一番。）

商場上「盱衡情勢，審時度勢」，也可用 size up。

Some US manufacturers have been sizing up the UK as a possible market for their clothes.

（一些美國製造商一直在觀察英國是否會成為成衣潛在市場。）

② 我真是笨手笨腳。

直譯句：I am clumsy.
傳神句：I am **all thumbs**.

thumb 是大拇指，試想：如果我們所有的手指都是大拇指的話，怎麼寫字、做事？ all thumbs 是形容一個人做事笨手笨腳的。像走路常不小心撞到人、老是把東西掉在地板上、常不小心打破了杯子，我們就可以說：“You are all thumbs.”（你這個人笨手笨腳的。）

有「笨手」，也有「笨腳」。有一個形容是 "have two left feet"，表面意思是有兩隻左腳，用來形容人不會跳舞，也延伸形容「笨手笨腳」。

③ 我在辦公室裡經常得同時處理很多事。

直譯句：I need to do many things simultaneously in the office.
傳神句：I've been busy **multitasking** a lot in the office!

multitask（多工）是外商企業流行的一個英文字，意思是「同時、一口氣做好幾件事情」。multitasking 指可以同時處理很多事，表示一個人可以一心多用、很能幹。企業徵才有時也會把它當成條件之一。

但它有時也成為一種藉口。例如：在冗長的會議中，會議無聊，發言人發表長篇大論後突然問你有何感想，你可以說：I'm sorry. I was multitasking. Can you repeat that?（對不起，我剛好在處理別的事，能重複一次嗎？）

這8組字，
你常常會唸錯！

> 明明是很簡單的字，如果因為發音不正確，鬧出笑話，讓別人以為你的英語程度欠佳，那就太冤枉了。

我們先前舉過不少發音錯誤的例子，包含品牌名稱、人名，還有一些你以為理所當然，於是就唸錯了發音。以下再幫讀者整理出 8 組容易混淆的發音，有些是音近，但意思完全不同，例如：把 "I am full." 講成了 "I am (a) fool."，明明是「飽了」，聽起來像是罵自己「傻子」，很尷尬。有些唸錯的原因是詞性轉換，字的發音也跟著變換，沒特別留心就容易講錯。

① analyze / analysis

這組字是很多人的罩門。

> analyze 是動詞，重音在第一音節，唸成 [ˋænəlˌaɪz]
> analysis 是名詞，重音在第二音節，唸成 [əˋnæləsɪs]
> 會誤唸這兩個字的人，多半也會唸錯 economy 和 economic：名詞 economy [ɪˋkɑnəmɪ]，形容詞 economic 唸 [ˌikəˋnɑmɪk]。

❷ product / produce

講英文有一個原則，越是簡單的字越不要唸錯。這兩個字都簡單。product 是名詞，意思是「產品」，重音在第一音節，唸成 [`prɑdəkt]，O 要發成 [ɑ]，動詞 produce [prə`djus]，很多人會把名詞和動詞混唸在一起。抽象的名詞 production（生產量），唸錯的反而少。

❸ employer / employee

意思是雇主、老闆，這個字是從動詞「雇用」employ 加上一個 er 組合而成的，只要把 employ 和 er 加起來發音即可，唸成 [ɪm`plɔɪɚ]。很多人很自動省略掉 y 的音，直接唸成 emplore，這是錯誤的讀法。至於 employee，要唸成 [ˌɛmplɔɪ`i]，注意第一個 e 的發音是 [ɛ]。

❹ coward / Howard

很多人想當然爾，把 ward 發得像 "ward" 或 "word"，它的發音是輕音的 "ard"，w 不發音。coward 是膽小鬼，唸成 [`kaʊɚd]；Howard 是人名，中文譯成霍華，其實是誤導，它的發音是 [`haʊɚd]，唸「豪爾」更接近。

❺ innovation / innovative

中間的 no，不要唸成 "no"，要唸輕聲，接近中文的「呢」。innovation 唸成 [ˌɪnə`veʃən]，變成了形容詞 innovative，注意：重音變成第一音節 [`ɪnoˌvetɪv]，有沒有發現 no 的 o 發音也變成了 [o]？

⑥ police / please

這兩個字意思完全不一樣，不要唸錯了。警察 police，兩個音節，重音在後面，"o" 要輕輕唸，唸成 [pə`lis]。please 意思是請，唸成 [pliz]。

⑦ fool / full

這兩個字的差別在母音的長短。發音錯了，有時會難堪。像說 "I am full."（我吃飽了。），聽起來像 "I am a fool."（我是蠢才），fool，傻瓜，唸法是 [ful]，oo 要發長音；full，滿了，唸法是 [fʊl]，母音很短。

⑧ ear / year

這兩個字的讀音很接近，但是仔細辨別會發現，其實首字母的發音完全不同，耳朵 ear [ɪr] 是「一」的音，年 year [jɪr] 是「耶」的音，有點像我們講 yes 的嘴型。

套房、套裝？
傻傻唸不清

以下是日常生活常會遇上的用字，可不要唸錯了。

有些英文字很容易唸錯，因為它的發音規則是「例外」。例如：debt（債務），很多人都把 b 音讀出來，其實沒有 b 音，當成 det 來讀就可以。island 和 isle 都是島，都沒有 s 音，讀 [ˋaɪlənd] 和 [aɪl]。aisle 和 isle 同音，是「飛機座位的通道」。一個學生說第一次搭飛機確認機位，服務人員問 aisle or window，他呆住了，不知如何回答，因為 aisle 這個字他壓根兒不是那麼唸。

❶ aisle 走道。唸 [aɪl]，不是 [ˋaɪsl]

到機場劃位時，會被問到的字是 aisle or window，意思是「靠走道，還是靠窗」。你喜歡走道位置就說：Aisle seat, please! 注意：很多人會把 aisle 說成是 [ˋaɪsl]，像 i-zo 似的，錯了，應該是 [aɪl]，s 不發音。

❷ suite 套房。唸 [swit]，不是 suit [sut]

suite 是套房，suit 是套裝，要分清楚，是兩個不同的字，讀音也有很大分別。suite 因源自法語，中間 u 發 [w] 的音，發音和 sweet 一樣 [swit]；suit 則讀 [sut]。不要弄錯了，否則想訂一間套房，卻來了一套套裝就不妙了。

❸ coupon 折價券。不唸 "Q" pon

折價券英文叫作 coupon 不要把 coupon 讀成 "Q" pon。cou 的拼音是 [ku]，與 cool 一樣，pon 的 o 發成 [ɑ] 不是 [o]，coupon 唸成 [`kupɑn]，重音在前面。

❹ native speaker 本國人。不唸 negative speaker

native 和另一個字 negative 形音很像，常常聽到有人會把兩個字混在一起。native 的意思是天生的、本國人，發音是 [`netɪv]，另一個字 negative 是否定的、消極的，發音是 [`nɛɡətɪv]，意思完全不同。

❺ economy、economic 和 economist。注意重音和意思

這幾個字重音很容易唸錯。economic 經濟的，要注意與 economical 的差別，雖然 economical 也是形容詞，但通常當作「節儉的」解釋。而 economy 則是經濟的名詞，economics 是經濟學，economist 是經濟學家，這幾個字的讀音也要注意一下，economy 和 economist 的重音在第二音節（-co-），economics、economic、economical 的重音在第三音節（-no-），o 的發音是 [ɑ]。

❻ cooperate 和 corporate 不一樣

先講 co-o-pe-rate，這個字的意思是「合作」。注意兩個 o 要分開來發音，重音在第二個 o，發成 [ko`ɑpəˌret]，cooperation 是它的名詞。

另一個很像的字叫 corporate [`kɔrpərɪt]，注意：r 要發出聲音；另外，rate 發成 [rɪt]，在英文裡不常見，稍微記一下，像 certificate 也是一樣，唸成 [sə`tɪfəkɪt]。

❼ Android / iPad / Skype（刻意用大寫字母標示重音）

這幾個專有名詞大家常常唸錯，是讀者來信，希望我們提醒的字，有些人很困擾，自己說對了，但旁邊的人講錯又不好意思糾正他。

Android 的重音在第一音節 [`ændrɔɪd]，是電影《銀翼殺手》（*Blade Runner*）裡仿造得和真人一模一樣的機器人。

iPad 很多人會唸成了 I paid，有人開玩笑說，雖然是你花錢買的，但品牌名稱也不好隨便幫人改了。

Skype 的 e 不發音，像 type 一樣，輕輕地帶過。App 也是，老外都說成 [æp]，而不是唸單一字母 A-P-P。但這幾個字發生在中文裡唸錯其實無傷大雅，因為夾雜中文鏗鏘有力的字裡，氣音 p 很容易糊掉，溝通時反而聽不見重點。要提醒的反而是聽力，老外說 [skaɪp]、[æp] 時，你要很快能聽懂他在講什麼。

4個小字，
輕鬆講道地英文

> 想說道地英文，你需要的可能不是艱深的單字或語彙，反而可能是簡單扼要的片語或習慣用語。

學英文到了一個階段，工作上的溝通不再是問題，模糊地帶多解釋幾句也可以釐清，但是無法擺脫的是一種「文法正確的僵硬感」，句子沒有錯，對方也理解，但你就是感覺自己的英文聽起來不自然。

在這個階段的學生，我們會告訴他，需要補充的不是 impressive 的大字，是過去沒有注意到的小字。這些字不存在文法書中，卻時時出現在對話裡。今天介紹的幾種用法，試著用在句子裡，你會開始聽到其他過去不曾注意的小字，也會聽到自己的道地感。

➊ a... person 很喜歡……；是……型的人

我很喜歡狗。
I like dogs very much. → 普通
I'm a dog person. / I'm a huge dog fan. → 道地

❷ make good use of 善用

謝謝你們的離職禮物，我會善用它的。

Thank you for the farewell present. I'll be using it a lot. → 普通

Thank you for the farewell present. I'll make good use of it.
→ 道地

❸ much of 很……、太……

辦公室重新裝修後沒有太大差別。

The office's renovation is not too different from before. → 普通

The office's renovation doesn't make too much of a difference.
→ 道地

幸好，他的錯誤沒造成嚴重問題。

Luckily, his mistake did not cause a serious problem. → 普通

Luckily, his mistake did not cause much of a problem. → 道地

❹ be-able 可……、能……

你的想法可行。

Your idea can be done. → 普通

Your idea is doable. → 道地

大會議室可以用。

We can use the main conference room. → 普通

The main conference room is available. → 道地

SECTION 27

打破衝突僵局
的關鍵詞

工作中衝突難免，這時語言可以是催化劑，讓衝突越演越烈；也可以是緩和劑，讓矛盾迎刃而解。

CHAPTER 2

說出專業味

要讓語言變緩和劑，有三個主要關鍵詞：

be professional 回歸專業

focus 聚焦在事件上

move on 繼續前進

我們來看看發生在實際工作場合的對話：

處理人身攻擊

用正面的態度處理人身攻擊，回到專業，繼續工作，才是重點。這裡畫底線的字，都是正面思考的重點：

① Let's try and <u>keep this professional</u>, shall we?
（我們試試保持這份專業態度，好嗎？）

② There's no need for personal attacks. We all <u>want this to work</u>.
（人身攻擊是沒有必要的，我們都希望工作能順利進行。）

③ It'd be great if we can all try and be professional about this — let's <u>focus on the issue</u> at hand...

（若我們能試著專業點就會很好，把重點放在眼前的問題上⋯⋯。）

④ Name-calling is unnecessary. Let's just **move on**.
（罵人是沒必要的，我們繼續吧！）

處理爭論及舒緩壓力

一個銅板拍不響，直接告訴對方，你無意爭執。與其爭執不停，寧可暫停。或者更好的是，轉個方向，問對問題，又回歸正道了。

❶ I don't care for unprofessional bickering. Let's just **focus on what needs to be done here**.
（我不管不專業的爭吵，我們應該聚焦在當前需要做的事。）

❷ We're colleagues and things will go smoother if we **work together**.
（我們是同事，如果我們共同合作，事情會做得更加順利。）

❸ This isn't getting us anywhere. Let's **take a break** and come back tomorrow fresh.
（這樣無濟於事，我們休息一下，明天再回來討論吧。）

❹ This isn't constructive at all. Shall we **take a look at what we can do** instead of what we can't?
（這一點也沒有建設性的，我們來看看我們能做些什麼吧，而不是不能做什麼。）

❺ Have you experienced such situations? How did you deal with them?
（你以前經歷過這樣的情況嗎？你是如何處理的？）

上班族專用，抱怨一籮筐

每種工作各有辛酸，偶爾發洩一下，或練習用英文與同事交換一點心情，也有益身心健康。

無論你多麼熱愛你的工作，在公司裡小小埋怨一下老闆、主管、同事總是在所難免。以下是工作場所中常見的抱怨，讓我們來看看老外怎麼抱怨工作。

❶ a glutton for work 工作狂

glutton 原意是「貪食的人」，貪食的人整天吃個不停，glutton for work 是整天工作個不停的人，也可用 workaholic。例：

My supervisor is a glutton for work. That's why I can never get off work on time.

（我的上司是個工作狂，所以我總是無法準時下班。）

❷ pull rank (on somebody) 拿職位壓人

rank 是個常見的字，階級的意思。pull rank 是擺架子，特別指用位階壓人。例：

I don't like to work with somebody who likes to pull rank.

（我不喜歡和擺架子的人一起工作。）

Don't pull rank on this poor girl.

（別拿職位來壓這個可憐的女孩。）

❸ head cook and bottle-washer 校長兼工友

美國有一句常見俚語叫 What's cooking? 是問人「到底出了什麼事？」不是問人在煮什麼。head cook and bottle-washer 跟廚子無關，是指「什麼都管的人」。例：

In a small company, I have to be the head cook and the bottle-washer.

（在小公司裡，我必須校長兼工友。）

❹ work like a plow horse / a horse 馬不停蹄地工作

中文說工作是「做牛做馬」，英文有 work like a plow horse 的說法，意思是不停地工作。 例：

In order to afford this apartment, I work like a plow horse every day.

（為了負擔這棟公寓，我每天馬不停蹄地工作。）

⑤ dirty work 吃力不討好的差事

dirty work 並不是真的做像打掃廁所那樣骯髒的工作，而是指做一些讓人不愉快的、很討厭的，或吃力不討好的工作。例：

My supervisor always asks me to do the dirty work.
（我的上司總是要求我去做吃力不討好的差事。）

⑥ rat on somebody 打小報告

打小報告用 rat（老鼠）這個字當動詞很傳神。rat 當名詞也可以當「告密者」。例：

Gary ratted on me. That's why I couldn't get a promotion this year.
（蓋瑞打我小報告，所以我今年沒有獲得升遷。）

⑦ come down on somebody like a ton of bricks
罵得狗血淋頭

這個片語很有畫面感，試想老闆罵人的語言如排山倒海，像不像被一噸磚塊砸在頭上。例：

If you were late for work, the boss would come down on you like a ton of bricks.
（如果你上班遲到，老闆會把你罵得狗血淋頭。）

今天加班嗎？

加班、請假、下班、出差，日常工作中常用的詞彙，你常常以為自己會說，其實老是說錯？

「你今天加班嗎？」這句話聽來簡單，其實沒那麼簡單。上班族最常掛在嘴上的職場動態「加班」、「請假」、「下班」、「出差」，這幾句話怎麼說？「哇，沒想到那麼難！」很多上班族都說，看起來以為會，要表達時才發現說不出來。

為什麼難呢？因為這幾個詞，都不是單一一個字彙，而是由我們熟悉的字組合起來的片語，如果你習慣直譯就容易犯錯。下次記得了，多一點組合，少一點直譯！

① 你今天要加班嗎？

（×）Do you have some extra work?
（你今天有額外工作要做嗎？）

（○）Would you work overtime today?

work overtime 是加班最常見的說法，很多人把加班說成 extra work，但額外工作不一定就得加班。

❷ 他下週會請假一天。

（×）He will not be in the office for one day next week.

（下週某一天他不在辦公室。）

（○）He'll take a day off next week.

請假最普遍的說法是 take... day(s) off，字面意思就是沒來上班；請假的正式說法是用離開（leave），如：ask for leave。又，打電話請病假要這麼說：call in sick；事假則說 ask for a personal day (off)。

❸ 我們經理下班了。

（×）Our manager is out of work.

（我們經理失業了。）

（○）Our manager has got off work.

下班的正式說法是 get off work / duty，口語一點則直說 be off。很多人都會說成 out of work，殊不知那是「失業」之意。

❹ 我要到新加坡出差。

（×）I'll go on errands to Singapore.

（我去新加坡辦雜事。）

（○）I'm going to Singapore on business.

errand 是「差」事沒錯，但和出「差」沾不上關係。go on errands 是指外出辦事，像是買雜貨、跑腿之類的小事。出差應說成 go on business 或 to have a business trip。

SOHO 族的炫名片

企業外包盛行，自由工作者越來越多，即使你是老闆兼撞鐘，當秀出名片時，一樣可以很有派頭。

在正式社交場合，如果有人問起：What do you do?（你做什麼工作？）這時就是你該遞出名片，並展現自己身分頭銜的時刻。然而，對自由工作者來說，就算有一張自製的名片，清楚條列出服務項目，少了頭銜，似乎就比較難獲得認同。

事實上，只要用對字、說得好，就能輕鬆化解沒有 business title（職稱）的尷尬，甚至進一步推銷自己。以下就是一些值得參考的說法，有些簡單易懂、有些強調專業、有些更能創造話題，讓你成為眾人包圍請教的核心！

① 簡單易懂的說法

SOHO 蘇活

SOHO 一詞源自美國，是 Small Office, Home Office 的縮寫，意指家庭辦公室。

Many people such as writers, translators, copywriters work in their home offices. They are running their SOHO businesses.

（很多人在家工作，如作家、譯者、文案等，他們經營著自己的蘇活事業。）

freelancer 自由工作者

freelancer 據傳在中古世紀被稱作自由騎士，如今則代表不在企業內任職、提供短期專業技能服務的自由工作者。

Bill is a freelancer; he is not employed.
（比爾是一位自由工作者，不隸屬於任何企業。）

self-employed 自雇者

不在別人的企業內擔任員工，並且直接面對客戶創造收入，就是 self-employed 的定義。

I have been a self-employed photographer for 10 years.
（我成為自雇攝影師已經十年了。）

work on a piecework basis 以接案型態工作

piecework 是指按件計酬的工作。

I prefer working on a piecework basis to being on a regular salary.
（相較於領固定薪，我比較喜歡以接案型態工作。）

② 強調專業的說法

wordsmith / liaison / consultant / analyst / insider 等

依據自己實際的工作內容，找一個足以表達的「好字」，像文案寫手是 wordsmith（舞文弄墨者）、溝通專家可以借用法文單字 liaison（聯絡、鏈接之意），或者利用 consultant（顧問）、analyst（分析師）、insider（業內人士）來強化自己的專業形象。

Molly is a marketing consultant, who works with companies to create and implement marketing strategies.

（茉莉是一位行銷顧問，她協助多家公司制訂並執行行銷策略。）

③ 製造話題的說法

portfolio careerist（組合型自由工作者）

繼國際知名組織管理大師查爾斯・韓第（Charles Handy）於 2001 年提出 "going portfolio"（工作組合）一詞後，近年英國暢銷書《創造多職能工作組合的十個步驟》再度介紹 "portfolio career" 這種新職業型態，從事者根據自身擁有的各種技能和專長，囊括多份兼職。

A portfolio careerist has multiple identities and the income may come from part-time employment, temporary work, freelance assignments or a personal business.

（組合型自由工作者具備多重身分，收入也可能來自兼職工作、臨時業務、外包案件或個人事業等不同管道。）

社交
要上道

用英語與人社交，往往比在正式場合所使用的語言，更需要注意俗語和俚語的文化意涵。免得一不小心犯了文化上的錯誤，踩到對方地雷，傷了彼此感情。萬一反應不及，一時接不上話，還可以利用一點小技巧，以爭取思考反應的時間，化解尷尬的幾秒鐘。

也許很多人認為英語是很直白的語言，只要說得明白自然，就是好的溝通。但儘管不少人說了一、二十年英語，卻發現似乎仍少了「那一味」。本書作者認為，「那一味」就是一種委婉的韻味，這可要靠多聽、多體會，才能慢慢修正。尤其在社交場合，才能真正與對方水乳交融的談話。

跟外商哈拉，先懂這5句

想和老外朋友或客戶拉近距離，偶爾看似不經意的幾個片語，也許能很快讓你們由生疏變 buddy-buddy。

外商企業的文化之一是：就算是老中對老中，言談中也常常夾帶幾個英文字，因此「同事們說話摻雜很多英文，聽不懂又不好意思問」，經常成為很多台灣人學英文的困境。若你不想鴨子聽雷，就得學學這些外商菁英愛掛在嘴上的詞彙。我們略過最常用，像 con-call、meeting、proposal、briefing、agenda 這類常見字，選擇「有策略意義」的 5 個關鍵詞，讓你也可以學會飆英文。

❶ keep... in the loop. 我們都是自己人

"Please keep me in the loop." 這句話多半用來結束一場談話，或放在 email 最末句，專業又親切，意思是「請隨時讓我知道進度。」如果有人說你在辦公室內是 in the loop，意指你接近權力核心。

❷ gear up 隨時上緊發條

原意是開車時「換高速檔」，套用在工作場合則是用來指「準備好、馬上就要行動」。講這句話有一種蓄勢待發的速度感，例：

The company's gearing up for the big export drive.

（公司正為大規模輸出做好準備。）

❸ make sense 有道理

make sense 是口語用詞，意思是「有道理」，常夾雜在中文口語中使用，例：proposal 都寄給客戶 3 次了，他還沒有收到，一點都不 make sense。它也有「明白」的意思，例：

It still doesn't make sense to me.

（我還是不明白。）

❹ sync up 我們下的是同一盤棋

sync 是 synchronize 的簡寫，意思是「同步」。sync up 指一個案子進行之前，團隊成員先凝聚好共識，以便完整銜接。sync up 和 on the same page 的意思很像，差別在前者側重「行動」、後者意指「狀態」。

❺ recap 重述要點

recap 是 recapitulate 的簡寫，意指重述要點，幾乎出現在所有英文會議，有時是開場：We start with a quick recap of our previous meeting. 或結束之際：Maybe we should recap. recap 不只是 summary，更隱含「講重點！」的意味。

聽人這麼說，
罩子要放亮一點！

「你夠了沒？」當別人對你這麼說，你絕對知道他不是在問你「是不是足夠了？」而是在警告你：「停止吧！我受夠了！」

英文中有許多口語用法，乍聽之下像是個問句，但其實另有「弦外之音」。以下就是與人互動時常可能聽到的「假問句」，請務必 wise up（放聰明），聽出對方真正的想法，以便做出適當的回應。

❶ What's it to you? 關你什麼事？

這句話可不是在問「給你的是什麼？」而是在問「你為什麼在乎？」語氣強烈一點就是在教訓對方「不關你的事」，多半在不想回答對方的問題時會冒出來。例：

A：Did you call Mary today?（你今天打電話給瑪麗了嗎？）
B：What's it to you?（關你什麼事？）

❷ What's the point? 有什麼意義？

聽到這個問句時要注意一下前後文，因為它有時真的是在問你：What are you trying to say?（你想說的重點是什麼？）除此之外，它很可能是在抱怨做某件事「不具意義、是無謂的掙扎」。例：

I wake up, go to work, come back home and go to bed, day in and day out...what's the point of living?

（我起床、上班、回家、睡覺，日復一日……生活有什麼意義？）

❸ Why bother? 為什麼要這麼麻煩？

雖然有 why 一字，但這個問句並不想問原因，而是間接告訴你「不用麻煩、不要多此一舉」，等同於 "Don't bother."。例：

Why bother? I don't have that much time.

（為什麼要這麼麻煩？我沒有那麼多時間。）

❹ Guess what? 你知道嗎？

如果你常覺得和老外沒話講，請多用這句話。"Guess what?" 或是 "You know what?" 是加強語氣，用來吸引人注意，對我們接下來要說的事充滿期待，有一點像中文說：「你知道嗎？」例如：你剛找到一份工作，就可以說：Guess what? I got a job offer.

❺ You eat with that mouth? 你用那張嘴吃飯？

當別人對你口出惡言、飆髒話時，你淡然地回敬他這句話，攻擊力道就很強，因為這背後的意思是說：這麼髒的一張嘴，你還在用它吃飯，豈不噁心？例：

When Jimmy yelled at me, I just replied, "You eat with that mouth?" And he immediately kept his mouth shut.

（吉米對我鬼吼時，我只回他說：「你就用那張嘴吃飯？」然後他就立刻閉嘴了。）

6大接話絕招

當你需要爭取思考或緩衝時間，或化解一些尷尬情況，這幾句會很好用。

你一定有過這樣的經驗，話明明已經在舌尖了，就是說不出口。不一定是講英文，說自己的母語也一樣。我們說起英文，有時常常找不到適當的字，害雙方就僵在那裡，場面尷尬外，還會覺得自己很糟。

不管我們英文好或不好，都不要失去信心，下次找不到字時，自在地說："How should I put it..."、"It's on the tip of my tongue." 巧妙地把「語言」問題化解成「溝通」問題，以下 6 個絕招，記住了，講英文就不再嗯嗯啊啊的。

❶ Well...

這個字是個發語詞，沒有特別意思，可以用在 3 個情境：

1. 一時說不上來，有一點接近中文的「嗯……」、「這個嘛……」、「話是不錯，但是……」。
2. 很驚訝，「哎呀！」、「什麼？」、「啊！」。
3. 巧妙改變話題，讓對方不知不覺，「那麼……」、「可是……」、「後來……」。

② Let me see. 我來想想。

see 在這裡的意思是「考慮」、「盤算」、「想」，常用來表示無法馬上給答案，一時語塞時幫自己爭取一點時間。有時也真的是要想想，例：

A：Do you have any good idea?（你有什麼想法嗎？）
B：Well, let me see...（好，我想一想……。）

看狀況，也可以用：

Let me check.（讓我查查。）
I'll find out for you.（我找找。）

③ It's on the tip of my tongue. 哎呀，一時想不起。

從字面上看，tongue 表示「舌頭」，tip 是「尖、尖端」，可是如果以為它是「它在我的舌尖上」，那就錯了！別人問你什麼問題，你話到嘴邊，可就是說不出來，思維短路了，這時你就可以說 "It's on the tip of my tongue." 話到口邊，但就是沒法子說出來。

④ How should I put it... 怎麼說呢……

用於委婉表達難以啟齒的事，一時找不到合適的詞，爭取考慮時間的情況，也可以用：

I don't know... / I'm not sure how to put this.
（嗯，我真不知道該怎麼說好……）

❺ Beats me. 這可讓你問倒了。

回答不了別人的提問時，用「哎呀！你可考倒我了！」、「怎麼說呢……」的語氣。

beat 這個字原本是動詞「打」或「擊敗」的意思，不過當你問別人一個問題，對方回答："Beats me!" 可不是他叫你去打他，而是 "It / Your question beats me!"（你的問題把我打敗了／考倒了！）的意思。beat 的主詞是 it，所以要用第三人稱單數動詞。例：

A：Do you know why Jack left early?

（你知道傑克為什麼提早離開嗎？）

B：Beats me.（不知道耶。）

意思相同的還有：You've got me.

❻ What do you call it? 叫什麼來著？

用於一時想不出要說的東西的名字時。

差一個字意思就不一樣，如果把 do 換成了 would，What would you call it? 意思就變成「你們管它叫什麼？」

arrange
要怎麼「安排」才對？

有時候，越簡單的英文越容易錯；今天要看的 arrange，就是一個例子。

安排一場會議、安排一輛計程車、安排一場 interview，都可以用 arrange。來看看這句話哪裡錯了：

（×）I've arranged him to attend the meeting.

（我已經安排他來參加會議。）

（×）Please arrange a taxi.

（請幫我安排計程車。）

arrange 這個動詞，雖然是安排，但安排的經常是事，而不是人或物， 在用法上要注意。

❶ 用作及物動詞表示「安排」、「準備」時，後面通常接事情，而不接具體的人或東西。**如果要接具體的人或東西則需後接介詞 for**，如以下兩例中的 for 不宜省去：

我們將安排一位有經驗的教師。

（×）We'll arrange an experienced teacher.

（○）We'll arrange for an experienced teacher.

我已安排好了一輛計程車。

（✕）I've arranged a taxi.

（○）I've arranged for a taxi.

② arrange 如果接一件事情當作受詞，for 可以省略，而且省略了更具現代感，例：

你希望安排一次個別面試嗎？

（不好）Would you like to arrange (for) a personal interview?

（ 好 ）Would you like to arrange a personal interview?

③ arrange 的「安排」不直接以人作受詞，所以要表示中文的「安排某人做某事」，英語習慣上不說 arrange sb to do sth，而說 **arrange for sb to do sth**，例：

我已經安排約翰在大廳與你見面。

（✕）I've arranged John to meet you at the lobby.

（○）I've arranged for John to meet you at the lobby.

④ arrange 後面可以接 that 引導的子句，例：

They arranged that the meeting (should) be put off to Saturday.
（他們安排把會議延到星期六。）

I've arranged for him to attend the meeting.
= I've arranged that he (should) attend the meeting.
（我已安排他去參加會議。）

和 arrange 很像的動詞還有 suggest / wait / hope。簡單的英文細細看，還是看得出它精深的道理。

35

如何「婉轉」
請人走路？

> 偶爾聽到學員感嘆，英文講再久，好像也沒有 native speaker
> 那樣漂亮周到。到底缺了什麼？很可能是缺了 euphemism
> （委婉）。

什麼叫委婉？看看幾個實例。景氣差，企業要縮編，得裁員時，你直覺
想到的說法是什麼：

We're going to cut down on staff number.
（我們即將刪減人事。）→ 很直白的說法。

Our company is going to downsize and some staff will be fired.
（公司縮小規模，會裁員。）→ 這也說得通。

我們先來看看，「裁員」一般的說法是 lay off。

The bank is going to lay off 500 staff in Asia to weather the
financial crisis.
（為因應金融危機，這家銀行將裁減亞洲區 500 名員工。）
weather 在這邊的解釋是「度過」。

也可以當名詞：

The financial crisis has led to massive layoffs in banks this year.
（今年金融危機引發銀行界大規模裁員行動。）

lay off 這類裁員多半是商業考量。可能是經營不善，或者景氣差，企業要減輕成本，不是針對個人性的懲罰，而是一個減少負擔的行動。

fire 相較之下就個人多了，是辭退、解雇。例如：員工犯錯或者操守有問題，公司決定終止其職務。

近來更流行的一個講裁員的字，叫 let go。

I am sorry I have to let you go.
（抱歉，我必須讓你走。）

這句話其實就是叫人走路，大概是老美最怕老闆說出來的一句話。

有人說，"You're fired." 是一句狂傲的祈使句，"You've been let go." 雖然換湯不換藥，但起碼能降低員工在聽到晴天霹靂訊息時的創傷，算是有善意的退場機制，是委婉的一種。

同樣的，downsizing 也有美化版本，有人會用 right-sizing（合理精簡）直接說這是合理的，或者 streamlining（流暢化、精簡化）。

不那麼善用委婉語也不必感嘆。《經濟學人》（*The Economist*）的批評一針見血：委婉語讓惱人的結果得到了偽裝，比如：let go 表示解雇、right-sizing 表示大規模裁員。委婉語會取代原來的詞彙，可憐的行外人哪，只能對這些難解的言語望而生畏，而壞事和缺點會被掩藏得毫無破綻。

低頭族必學！
19 個 LINE 英文

> 除了 email 以外，用 LINE 溝通更即時有效率。這種輕薄式的
> 溝通工具，當然更適合用輕薄式的溝通語言囉！

還在用電腦正經八百地傳 email 聊天？那你就太落伍了！智慧型手機的普及，結合 LINE、Facebook、各種社交 App 等通訊軟體，讓工作訊息的傳達變得更即時快速。在上海某知名外商擔任行銷經理的陳小姐便直言，她與客戶之間的聯絡，90% 是利用 LINE 與 Facebook，「發 email ？那只有在需要留存訊息作為憑據時才考慮！」她說。

問題是，用手指或觸控筆在小小的手機螢幕上點擊寫信，一次能寫的字數遠遠比不上在電腦前敲鍵盤寫 email，而且這種形式的通訊，也不適合長篇大論，用字能越少越好，所以能少按好幾個字母的「縮寫」就成為必學重點。

以下所列是工作聯絡上常見的英文縮寫，請習慣使用它們，節省自己與對方的時間：

縮寫	全文	中譯
FYI	for your information	供您參考
ASAP	as soon as possible	盡快
BTW	by the way	附帶一提
NP	no problem	沒問題
TIA	thanks in advance	先謝了
e.g.	exempli gratia（拉丁文）	舉例來說
i.e.	id est（拉丁文）	也就是
attn.	attention	注意、敬請知悉
tks.	thanks	謝謝
rgds.	regards	敬上
info.	information	訊息
incl.	including	包括
vs.	versus	對抗、與……相對
pls.	please	請
P.S.	postscript	附錄、附筆
ver.	version	版本
Q1	first quarter	第 1 季
int'l	international	國際性的
YTD	year to date	年初到現在

值得一提的是，英文縮寫會有「縮寫點」的問題。雖然在頻繁快速的通訊中，大多數人並不在意有沒有那一點，但若深究起來，還真有許多人搞不清楚是要打一個點，還是兩個點。

以下是兩大基本原則，儘管無法涵括所有縮寫形式，但也八九不離十：

1. 若是一個單字的縮寫，在最後面打上一個縮寫點。例：

versus = vs.

2. 數個英文單字的縮寫，通常是將每個單字抓一個字母出來大寫，若要打縮寫點的話就必須每個字母後面都打，否則就全部省略。例：

by the way = B.T.W. = BTW

一定會踩到客戶地雷的6句話

> 遇到客戶種種要求，作為一個服務窗口，應該將心態調整為解決方案導向，即使必須拒絕客戶要求，也要很有技巧地表達。

當你是消費者時，可以用任何語言；但當你是銷售者時，只能使用消費者聽了舒服的語言。在銷售或服務過程中，最好的語言不是一味推銷，也不是理所當然反映實情，而是處心積慮幫客戶解決問題。

以下這幾句話，聽起來是不是似曾相識？好比打電話詢問某項產品，對方說：「對不起，現在是吃飯時間。」看似理所當然的答案，其實調整一下心態，讓自己更 solution oriented（解決方案導向），留住客戶的心。一起看看怎麼把問題轉換成 solution based 的回應：

情境❶ 當客戶提出的要求行不通時

不負責任的說法 → That doesn't work.（這樣行不通。）

解決問題的說法 → There are multiple ways we can approach that.
（我們會多管齊下，試著辦到。）

情境❷ 當某項服務因為賠錢，而停止再提供

不負責任的說法 → We don't "do" that anymore...it turned out to be a loser for us.（這項服務賠錢，我們不提供了。）

客 戶 的 印 象 → 你們是一個 loser（失敗者）。

解決問題的說法 → We alleviate the strain of this process every month automatically.（我們每個月都會稍微調整流程。）

情境 ❸ 雙方需要簽約

不負責任的說法 → We require a 2 year contract for the whole thing work for us.（我們必須簽一個為期兩年的合約。）

客 戶 的 印 象 → 覺得所有風險都是客戶承擔。

解決問題的說法 → We promise to impress you month after month, or we risk losing your business.

（我們承諾您每個月都看得到進步，絕不讓您失望。）

情境 ❹ 客戶提出的方案，公司無法接受

不負責任的說法 → We've never considered that and it seems quite impossible.

（我們沒考慮要這樣，聽起來不太可能。）

客 戶 的 印 象 → 你在推諉責任。

解決問題的說法 → If you need customized reporting, our data team will work with you.

（如果您需要個別報告，資訊整合部門可以幫得上忙。）

情境❺ 客戶不了解你的意思

不負責任的說法 → You don't get it, do you?

（你不懂我的意思，對吧？）

客 戶 的 印 象 → 你在罵我很笨嗎？

解決問題的說法 → Let me run through a typical use case. It will address how that feature really impacts your team.

（讓我很快用一個典型案例解釋，您就會了解這個功能如何對團隊產生影響。）

情境❻ 某版本的軟體不再提供支援了

不負責任的說法 → We can't support that version any longer.

（我們不支援這個版本了。）

客 戶 的 印 象 → You won't support that version any longer.

（是「你」不支援吧？）

解決問題的說法 → We have resources available for you and I'd like the opportunity to demonstrate how version X can benefit you.

（我們將提供其他使用資源，也希望能向您說明新版本的好處。）

資料來源： http://www.revisin.com/blog/10-phrases-successful-sales-people-use-with-prospects/

說 No! 但別得罪人

SECTION 38

你未必要當 "yes man"，但拒絕別人不等於就會得罪別人。

"yes man" 專門用來形容「好好先生」，不過，在職場中，假如有人稱你是 yes man，並非稱讚，反而是暗指唯唯諾諾或沒有主見。

工作中該說「不」的時候很多，漂亮說 no 指的是委婉有禮，卻能明示原則，不讓對方覺得被冒犯。

❶ 不懂就說「這不是我的強項」

I am sorry I can't help you.（不好意思，我不能幫你。）→ 得罪人

Sorry but that isn't my strong suit.

（不好意思，那個不是我的強項。）→ 得體

例如：同事請你參加一場腦力激盪會議，提供意見，但主題卻非你所長，與其回答 "I can't help"，讓對方覺得不近人情，不如用 "That isn't my strong suit." 委婉拒絕，並讓對方明白原因。

❷ 「正好在忙」時……

I don't have time.（我沒有時間。）→ 得罪人

Unfortunately, I've had a few things coming up.

（真不巧，手邊剛好有事。）→ 得體

I'm afraid I'm in the middle of something.

（我正好有別的事情要做。）→ 得體

儘管 "I don't have time." 可能是事實，但聽在對方耳裡更像是藉口，請少說。不如明言手邊有重要事情得處理，無法幫忙，對方更能諒解。

❸ 明白說「真的沒興趣」

I hate that kind of activity.（我很討厭那種活動。）→ 得罪人

I don't really enjoy that kind of activity.

（我不太喜歡那種活動。）→ 得體

若真遇到興趣缺缺的活動，為避免一再被打擾，直接講明當然是最好的做法，但請避免情緒性字眼。

❹ 預留空間，下次再幫忙

I'll think about it next time.（下次我會考慮。）→ 得罪人

I can't help right now, but I'm happy to help you with something else later.

（這次實在無能為力，但以後有機會的話，很願意在其他事情上幫忙。）→ 得體

若你樂意幫忙，但實在無暇兼顧，不妨誠懇告訴對方你的意願。

SECTION 39

如何打斷英文講不停的人？

在會議中，遇到連珠炮似的發言者，如果你無法跟上進度，那麼謙虛有禮地打斷他，並不會失禮。以下有 4 種技巧。

CHAPTER 3 社交要上道

曾聽到某人抱怨說，他為了某次英文會議做了很多準備，以為可以大顯身手，沒想到從頭到尾沒有說話的機會。原因是與會的同事講個不停，講得又快，原來英文也不弱的他，卻一點都插不上話。

在會議進行中，不要太想「跟上」節奏。說話速度很快的人，其實是刻意或潛意識在製造節奏感，主導節奏就主導討論。碰到這種情形，你仍可以打斷他，重新創造一種節奏。這裡有 4 種情境，你可以試著說，揣摩要讓對方感受到的語氣，下次就可以派上用場。

1 連珠炮的同事

Wait, wait. Slow down. / Slow down, you're losing me.
（等等，說慢一點。）

直接請他說慢一點並不會失禮，會讓他感覺你是認真想聽他的看法。

2 快速指示的上司

This is really interesting, but I'm not quite following. This is my fault.

I'm not sure if I fully understand you. My mistake.

（真的很有意思，但我好像沒有完全理解，是我的問題。）

I'm not following. 就是我沒有理解。這種說法在職場倫理是必要的，不要用想出風頭的口吻，你應該謙虛、帶一點歉意。

❸ 帶著團體快速討論的同事

（Raise your hand and say） Excuse me.
（舉手說）不好意思。

舉手是控制節奏很微妙的一種方式，表明你想參與、想了解，對方也必須暫停。

❹ 對大家做簡報的下屬

（動作）Lean forward with a puzzled facial expression.
（往前傾，面帶疑惑。）

這是一種「不打斷的打斷」，簡報的人看到你的反應，自然就會知道要緩下來了。

參考資料：《快速企業》（*Fast Company*）

讀懂老外的 5種肢體語言

> 人與人之間的溝通，絕非僅局限於口語交談，肢體語言也常是關鍵所在，能夠讀懂這些無聲的意見，溝通往往事半功倍！

如果你的美國友人對你聳聳肩，你知道他是什麼意思嗎？又如果你的外籍同事向你做出食指與中指交叉的動作，你該如何回應呢？

肢體語言牽涉到文化層面和社會習俗，一不小心，很可能就會錯意了。以下都是一些外國人、尤其是老美最常使用的肢體語言；了解它們背後的意義，對方會覺得你很「上道」喔！

❶ shrugging one's shoulders 聳肩

如果你的美國友人對你聳聳肩，你可能就該「適可而止」了。因為聳肩的動作通常代表對方認為自己無能為力，或者對某件事未置可否、漠不關心。例：

David is shrugging his shoulders at me to show me that he has no idea about it.

❷ crossing one's fingers 食指與中指交叉

交錯食指與中指的動作，是一種祈禱、祈求好運的意思。據說藉由交叉手指的手勢，象徵力量聯合起來，可以用來抵擋惡運或邪靈。在口語表達上，也可以直接說 "I will keep my fingers crossed for you."，表示會為對方祈求好運、成功的意思。

所以，當你的外籍同事向你比出這個動作時，你當然應該以感謝的態度回應對方的善意。有趣的是，如果你發現對方是在面對某人講話時，在身後偷偷比出這個手勢，那就表示這個人其實是在說謊，他在祈求自己不要因為撒謊而受到懲罰。

❸ crossing one's heart 在心臟前畫十字

這個動作源自於在胸前畫十字架的宗教傳統，背後的含義是希望藉由上帝的萬能來驅邪消災、迎來好運。另外，由於有句諺語說："Cross my heart and hope to die."（我在心前畫十字發誓絕無虛言，否則以死謝罪。）因此現在美國人常常會藉由這個動作，來表示自己絕對信守承諾。例：Cross my heart. I will not miss the meeting for any reason.

❹ the high five 舉手擊掌

如果有兩個人不約而同高舉張開的右手互擊，有可能是他們在某件事上達成了共識，或者在慶祝一項成功。例：When the boss announced that he will give all the employees the year-end bonus, Mary and Bill gave high fives to each other. 通常想要跟你擊掌的人，會同時說 "Give me five!" 邀請你伸出手來。

⑤ finger quote-mark gesture 兔耳手勢

所謂的「兔耳手勢」，就是舉起雙手到頭的兩側，並伸出中指和食指彎曲兩下扮兔子。這種手勢等同於文章的雙引號，用來表示強調或反諷之意。像是 "John and Marry got divorced. Do you think that is 'my' problem?" 這句話中，你其實是想強調別人離婚不是你的問題，就可以在說到 "my" 時比出兔耳手勢。

鬧笑話、得罪人的 10大「金句」

下面這10句，你看了可能會大喊：「哎呀，我真的都這樣講！」

講英文時難免犯錯，有時就算說的是母語中文，也未必完全正確。但文法上犯些小錯其實不打緊，真正會帶來麻煩、失去商機的往往是不禮貌、讓人會錯意、鬧笑話的說法。

❶ Don't forget to carry your thing.
請不要忘記你的私人物品。

被老外聽見會鬧笑話喔！ "your thing" 對外國人而言，通常指的是性器官……

→ **Don't forget (about) your personal belongings.**

❷ Can I see your proposal? 我可以看你的計畫書嗎？

Can 是指一種能力，這樣問等於是在問：我眼睛看不看得見你的計畫書？別人會想，我怎麼知道你眼睛看不看得見？

→ **May I see your proposal?**

❸ I will call your telephone. 我打你的電話。

call your telephone 是打給你的「電話」，不合理。

→ **I will call your number. / I will call you.**

❹ I cooked my grandma. 我做飯給祖母吃。

cooked my grandma，變成把祖母煮來吃。

→ **I cooked for my grandma.**

❺ How do you feel about me? 你覺得我表現得怎麼樣？

會讓人以為你對他有意思。

→ **How do you think I did?**

❻ I will remember you forever. 我會永遠記住你。

不必誇張，中肯一點可信度會更高，因為沒有人能活到 forever。

→ **I'll always remember you.**

❼ Give you. 給你。

把東西遞給人時，中文有時會說「給你」或「拿去吧」，相當於英文裡的 here you are。不要直翻成 take it 或 give you。

→ **Here you are.**

❽ I'm boring. 我覺得很無聊。

這句話會變成「我這個人很無聊。」

→ I'm bored.

❾ What is your meaning? 你的意思為何？

這句話會變成「你的人生有何意義」，似乎在質疑對方沒有存在的必要，不禮貌。

→ What do you mean?

❿ You go first. 您先請。

中文說您先請，但在英文裡好像命令人叫他先走，禮貌一點的說法是「我會走在你後面」。

→ After you.

吃飽了別說
I have enough.

「我吃飽了。」該怎麼表達？

1. No more, thank you.　2. I have enough.

曾有台籍學生和外籍室友鬧得不愉快，原來是因為常用 suppose（認為應該）這個字，例如：You're supposed to tell me...（你理當告訴我……。）室友覺得他老是頤指氣使，其實癥結是他分不出英語用字的輕重。以下例句也是類似狀況。

1 我吃飽了。

（ ✕ ）I have enough.

很多人講吃飽了都會說："I have enough."，這句話的真意是「我受夠了。」所以，除非吃得很不開心，否則請別這麼說。

（ ○ ）**No more, I have had lots.**

（ ○ ）**No more, thank you, I have eaten too much already.**

（不用了，謝謝，我已經吃很多了。）

❷ 不用送我了。

（×）Don't send me out.

聚會時，有事要離開或提早走，不是直接用 send（送）這個字。

（○）**May I excuse myself.**（不好意思，我得……）

然後再加一句：Please don't see me out.（請留步。）或是：

（○）**I will let myself out.**（我自己走就好。）

❸ 我可以埋單了嗎？

（×）May I pay?

在餐廳用餐，結帳時若問 "May I pay?" 不合情理，點餐付錢是天經地義，怎麼還須問「可不可以付錢？」

（○）**May I have the bill, please?**
　　（請問現在可以給我帳單嗎？）

（○）**Bring me the bill, please.**
　　（請給我帳單。）

若不清楚是否含小費，可以這麼問：**Is there a service charge?**（你們收服務費嗎？）

若想用信用卡結帳，就問：**May I pay by credit card?**

玩好英文 這顆「變化球」

當有人對你説 "Don't drop the ball." 意思是？

1. 別掉了這顆球。　2. 別搞砸了這件事。

有沒有發現，慣用的職場英文會話中常常有 ball（球）這個字？或許是因為美國人熱中球類運動，因此將 ball 融入日常口語；再加上職場本身就像個競技場，所以體育用語滿天飛。解讀這些習慣用語切莫望文生義，否則容易產生誤會。以下試舉 4 個例子：

❶ You play ball with me...

字面 → 你和我玩球……。

解讀 → 這次你幫我……。

play ball 除了意指打球外，還有「合作、互相幫忙」的意思。例：

You play ball with me helping me overcome the difficulty, I will help you next time.

（這次你幫我度過難關，下次我也會幫你。）

❷ Let's get the ball rolling!

字面 → 我們讓球開始滾吧！

解讀 → 我們開始進行吧！

一旦開球，球開始滾動，比賽也就正式開始，由此引申為「開始進行」某事。例：

Since we've got the manager's approval, let's get the ball rolling!
（既然經理已經批准了，我們就開始進行吧！）

❸ Please make sure you are on the ball.

字面 → 請確保你站在球上。
解讀 → 請確定你用心表現。

意指機靈能幹，在工作方面表現傑出，類似籃球員總是緊迫盯人，一有機會就會出手搶球的意思。例：

You don't seem to pay much attention to your work. Please make sure you are on the ball from now on.

（你似乎沒把心思放在工作上，請務必從現在開始用心表現。）

❹ Don't drop the ball on this one!

字面 → 別掉了這顆球！
解讀 → 別搞砸了這件事！

比賽時失手掉球，稱得上是嚴重失誤，因此 "drop the ball" 即是指失誤或犯錯。例：

This is a very important business opportunity. Don't drop the ball on this one!

（這是重大商機，別搞砸了！）

「繁文縟節」
的英文怎麼說？

閱讀本文之前，可以先想想以下幾個詞彙怎麼說：
頂尖人才、繁文縟節、幻想破滅。

不管你是老闆還是員工，一定都對曾經待過或現在待的公司有些「意見」。知名管理顧問艾瑞克·傑克森（Eric Jackson）根據他的經驗與觀察，列出了幾項讓公司流失人才的原因。如果你擔任主管職，以下幾點可作為你未來管理公司的參考；如果你只是個小員工，又對以下所述深有同感，那就在星期一上班時，不小心把這篇文章放在老闆的桌上吧！

Large companies have a hard time keeping their best and brightest in house. Recently, GigaOM discussed the troubles at Yahoo! with a flat stock price, vested options for some of their best people. How does that happen? Here's the list of what large companies do to lose their **top talent**:

許多大公司都無法留住人才。如 Yahoo!，它躺平的股價也讓公司的許多人才紛紛求去。到底是為什麼呢？讓我們來看看以下幾項原因：

❶ Big Company Bureaucracy 令人厭惡的繁文縟節

This is probably the #1 reason we hear after the fact from disenchanted employees. No one likes rules that make no sense. When top talent is complaining along these lines, it's usually a sign that they didn't feel as if they had a say in these rules. They were simply told to follow along and get with the program. How will they **commit themselves to** a company like that?

這大概是最常聽到的原因了，因為大家都不喜歡沒有意義的規則形成官僚（bureaucracy）文化。當員工在抱怨這些事情的時候，通常顯示他們對這些規定感到無力，他們只是照著上面的指示辦事。那麼，他們怎麼可能真心為這家公司打拚呢？

❷ Failing to Find a Project for the Talent that Ignites their Passion 無法對工作產生熱情

Big companies have many moving parts – by definition. Therefore, they usually don't have people going around to their best and brightest asking them if they're enjoying their current projects. Top talent isn't driven by money and power, but by the opportunity to be a part of something huge, that will change the world, and for which they are really passionate.

大公司通常有很多不同的發展，因此公司裡通常也沒有專人去關心員工是否喜歡現在的工作。頂尖人才並不是為了錢或權力在工作，他們希望自己能有所貢獻，在工作中找到熱情。

❸ Lack of Accountability and / or telling them how to do their Jobs
缺乏負責的上司以及 / 或太愛管東管西的主管

Although you can't "**jerk around**" top talent, it's a mistake to treat top talent leading a project as "untouchable". We're not saying that you need to get into anyone's business or telling them what to do. However, top talent demands accountability from others and doesn't mind being held accountable for their projects. Therefore, have regular touch points with your best people as they work through their projects.

雖然不能讓員工像無頭蒼蠅一樣瞎忙，但也不表示老闆就應該完全不干涉員工正在進行的計畫。不過，這並不表示老闆要告訴他的員工怎麼做事，給予適時的關心與意見，會讓人覺得這是個有責任感的上司。

❹ Lack of Open-Mindedness 缺乏開放的心胸

The best people want to share their ideas and have them listened to. However, a lot of companies have a vision / strategy which they are trying to execute against - and, often find opposing voices to this strategy as an annoyance and a sign that someone's not a "team player". If all the best people are leaving and disagreeing with the strategy, you're left with a bunch of "yes" people saying the same things to each other. A wise leader got to be able to incorporate the best parts of people's suggestions.

好的人才都希望能跟人分享他的想法，然而，許多公司覺得意見不同的人只是麻煩製造者，覺得他們不合群。最後，公司就剩下一堆只會點頭附和的人。一個有智慧的領導者應該有廣納意見的能力。

【關鍵詞彙】

commit (to)：做（錯事）；承擔義務；把……託付給

commit 指「做」的時候，通常後面會接不好的事，例：to commit a crime（犯罪）。不過，若在之後加上 to，通常有「交付」的意思，例：

> She commits herself to academic research.

（她投身學術研究。）表示「她把自己交付到學術研究裡」。To 是介系詞，後面接名詞。

accountability：負有責任、當責

這個字來自於 account，「說明」、「對……負責」之意。accountability = account + ability，表示「有說明、解釋的能力」，通常用來指「願意承擔責任的能力」。例：

> The accountability for the behavior of the employees rests with the supervisor.

（主管應對員工的行為負責。）

jerk around：浪費時間、漫無目的

jerk 表示「抖動」、「抽搐」，加上 around 之後，就好像在四處亂晃，所以衍生為「浪費時間」，或者是本文所說的「瞎忙」、「無頭蒼蠅」。不過，如果是 jerk one around，就表示「欺負某人」或「找麻煩」，例：

> Stop jerking me around!（不要再找我麻煩了！）

4

email
大補帖

職場溝通這件事，往往能左右一件專案、一筆生意的成敗；而email又已是許多人在工作時最重要的溝通工具，因此能否寫出一封措詞合宜、達到有效溝通目的、又能讓對方留下專業印象的email，實在太重要了。

那麼，你寫email時，是用 Dear 開頭，Best regards 結尾嗎？頻頻使用驚嘆號（！），想令對方印象深刻？或用很多縮寫字，顯示自己表達很精簡有效率？要不把句子寫成一長串，讓對方感覺自己英文造詣很高？

你可能已經養成太多錯誤的觀念或習慣，寫信沒有依想傳達的主旨或目的做適度調整，會讓讀的人「無感」，甚至「反感」，那就弄巧成拙了。

不要再用 Dear 開頭了！

別再用 Dear，改用 Hi、Hey、Hello，把 Dears、Dear all 改成 Hi, everyone、Hey, folks。

寫商業 email 一開頭的稱呼，到底要用 Dear、Hi，或直呼其名，John、Mike 好呢？交情沒那麼好，用「親愛的」（Dear）叫對方，會不會像「裝熟」？

email 到底要不要用 "Dear"，不僅是老中有這個疑問，連老美、老英這些英文母語人士也有很多關於這問題的討論。

BBC 有一篇文章〈*Should emails Open With Dear, Hi, or Hey?*〉，裡頭談到美國一名政治人物吉賽兒・貝瑞（Giselle Barry）疾呼：It's time we ditched "Dear..." from work emails.（工作的郵件不要再用 Dear 了。）

《富比世》（*Forbes*）雜誌上也有一篇長長的文章〈*Hi? Dear? The State Of The email Salutation*〉，討論商業郵件打招呼到底要用 Hi、Hello、Dear，還是都不必？

這篇文章的結論是："Hi" is becoming more acceptable, and in many businesses, it's the norm.（Hi 的接受度更高，就商業溝通而言，已經成為標準。）

儘管如此，這不代表用 Dear 有錯。

首先，先弄清楚 Dear 並不是很親熱的喊人「親愛的」；相反的，它是正式的打招呼語。好比中文的 DM 信函上，一開頭常寫道「親愛的持卡人」、「親愛的旅客」，到上海、北京出差，常聽大陸人用「尊敬的客戶」一樣。過去沒有 email 時代，書信往返，不作第二選擇，開頭就是 Dear。

《富比世》雜誌的編輯蘇珊‧亞當絲（Susan Adams）檢查自己的郵件信箱，也做了很多口頭訪問，她發現：現在除了很慎重的信件，大家很少用 Dear 了。特別是 email，更常出現的是 Hi、Hello 或直接稱呼對方名字，有些客戶的宣傳信，其至一開頭就用 "Hi, there"。

亞當絲發現，大家不用 Dear 而選擇 Hi 的原因是：想創造輕鬆、友善一點的氣氛，這樣更容易得到你想要的回應。（Their goal is similar to mine: They want to sound relaxed and welcoming, to get us interested enough in their pitch to respond to it.）

拉近距離，用 Hi 或 Hello 都可以，Hi 比 Hello 更輕鬆，加上名字之後用逗點，而不是句點，例：

> Hi, Jane,
> Hello, Morris,
> John,（不要寫成 Dear John，會讓人錯以為是「分手信」！）

有時候甚至會用更輕鬆的語氣：

> Hey, folks,（夥伴們）

有時寫信給多人，像是同事、團隊成員，email 可以這麼用：

> Hi, everyone,（尊重每一個人的個別性，而不是 Dear all 一整攤）

Dear team members,（主管寫給團隊成員可以這樣，寫給主管不要用Dear team members）

有些常見的寫法，帶有舊時代氣氛，建議不要再用：

（×）Dears,

（×）Dear sirs,

（×）Dear ladies and gentlemen,

（×）Dear boss,

（×）Dear all,

至於 email 結尾，Best、Best wishes、Best regards、Regards、Take care 等都有，高科技產業裡現在很流行的結尾是 "Cheers"，聽起有點振奮感！

等一下打開信箱寫 email 時，切記別再劈頭就打出 Dear 囉！

SECTION 46 商業英文 email 3 大忌諱

> 怎麼在 email 裡，既能表達自己語氣，又不顯得幼稚或娘娘腔呢？

email 人人會寫，但卻不是人人都懂得寫 email 的竅門。

職場女性社區網站 DailyMuse 網站曾刊登一篇報導，指出商業 email 中最常見的錯誤，有些錯誤甚至你都不知道自己錯了。

忌諱❶ laid-back 懶散、隨意

想想把背靠在椅背上，閒散那個樣子，就是 laid-back。

> Btw, need u 2 sign tom. thx.
> （順便說一下，明天需要你簽個名。）

寫 email 用字太隨意會造成以下印象：1. 你不夠專業或者沒有認真對待此次談話；2. 你太忙，沒有時間說清楚自己的要求；3. 別人不知道你到底想幹什麼。所有商業活動都需要認真對待，不管身處什麼環境，都要花時間來進行適當的交流。

忌諱❷ !!! 充滿驚嘆號

It was a pleasure meeting you yesterday!! Looking forward to our next encounter! Take care!

（昨天見到你很高興！！期待下次再見！保重！）

在商業書信中，有時使用驚嘆號是必要的，可以傳達出熱烈的情感和良好的禮儀。不過，過分使用標點符號就會適得其反了。就像上面這句話一樣，濫用驚嘆號來表達積極情感，反而會讓人覺得詭異和不受歡迎。

I can't believe it!!!（不可置信！！！）

It should have gone differently!!（不應該這樣子的！！）

Why did you do this?!（你幹嘛？！）

I'll see you :-)))（再會囉:-)))）

這樣表達情緒得體嗎？網站 Corporette 有一名讀者寫信問編輯，怎麼在 email 裡，既能表達自己語氣，又不顯得幼稚或娘娘腔呢？裡面能用驚嘆號嗎？讀者說，每次試著用驚嘆號傳達積極的語氣，只是想要強調自己的積極性，但卻又擔心會不會顯得幼稚。他還發現，還有男性在 email 裡不太用驚嘆號⋯⋯這篇文章反應熱烈，有 115 則評論。

其實，要表達積極的態度，並不一定要用重複的驚嘆號，或過於草率的表情符號，我們來看看幾個例子：

1. 你想要告訴部屬，他做得不錯：

（×）Good job!!!

（○）Well done!

（○）Outstanding!

短句後加一個驚嘆號，是一個有力的收尾，不至於過度誇張。

2. 不得不向主管報告壞消息，驚嘆號會造成反效果，火上加油。

（×）I am so sorry this happened!!!

（×）... but on the plus side no one lost a limb!!!

這種語氣在 email 往來最令人難受。壞消息，經常需要解釋或緩和，最好是打電話或者直接到老闆辦公室說，寫成 email 難保不會被重複轉發、誤解，還有被存檔日後拿出來檢討的風險。

擔心別人誤解你的語氣，可以直接用說的；或者你得相信自己的修辭，寫這樣的句子，一個驚嘆號也沒有，還是有驚嘆的功能：

Great news, team：we are done with the doc review.

（好消息，同事們：檔案檢查大功告成。）

忌諱❸ oversimplified 過度簡化主旨

Subject : Meeting（主題：開會）

想一下，一個職場人每天收到幾封 email？再想一下，有多少封 email 中會帶有「開會」這個關鍵字？email 中的主旨欄是一種過濾機制，讓收件人可以有效區分每封 email 主旨內容。千萬不要在主旨欄中含糊其辭，你有責任把正文內容提綱挈領地展示在 email 主題欄中。

請牢牢記住以上 3 大 email 忌諱，讓 email 更專業，不但能為自己及公司建立好形象，還能讓人收到了馬上就想回信。

參考資料：

http://www.thedailymuse.com

http://corporette.com/2013/02/14/how-to-convey-tone-in-email/

email 大補帖

CHAPTER 4 ● email 大補帖　　117

英文 email
錯誤率最高的字

英文 email 錯誤率最高的一個字，其中有一個你一定沒想到，竟然是 appreciate（謝謝）！

很多人不想要一再用 thank you / thanks...，很自然地 appreciate 這個字就派上用場了。我們來看幾句經典錯誤示範：

（×）I appreciate you for giving us this opportunity to introduce our new product.
（謝謝你給我們機會向您介紹我們的新產品。）

（×）We would appreciate if you would arrange for immediate payment.
（如果能立即付款，我們會很感激。）

（×）I will appreciate an interview with you。
（希望能有面試的機會。）

你知道錯在哪裡？

仔細來看看 appreciate 這個字，一般字典都解釋為「欣賞、感謝」，再延伸有「升值」的意思。這意思看起來沒什麼關聯，其實它們都是源自同一個本意：「**清楚某件事的價值、重要性，而對其表達推崇之意**」。理解、欣賞、激賞、讚賞、感激，甚至連升值都在同一條意義軸線上。

（○）I appreciate his generosity.
（我讚賞他的慷慨大方。）

（○）I appreciate the difficulty.
（我理解這種困難。）

（○）The RMB may appreciate by around 7% to 8% in 2014.
（人民幣 2014 年可能會升值 7% 至 8%。）

再來看用法，appreciate 這個字和 thank 恰恰相反，**thank 後面接人，appreciate 後面不接人，而接一件事。**

謝謝你的好意。

（×）I appreciate you for your kindness.
（○）I appreciate your kindness.

他感謝她的好意。

（×）He thanked her kindness.
（○）He thanked her for her kindness.

appreciate 後面可以加 if 或 when 引導的子句，但這時需要加一個 it：

We really appreciate it when she offered to help.
（她來幫忙了，我們十分感激。）

appreciate 也常出現在履歷表上，但這個字不要亂用。很多人會在 email 最後寫道：

I am appreciating an interview with you.
I'm appreciating you.
I appreciate your help.

其實都是不妥的。"I'm appreciating." 就是我在感激，等於說：「我都謝過你了。」但對方可還沒有請你去 interview，不必先表達感激，說 "I look forward to hearing from you." 即可。

而 "I appreciate your help." 其實是 "I'd appreciate your help."，只是 "d" 讀來很小聲，但還是有。

現在回頭看看一開始那 3 句該怎麼改才對。

I thank you for giving us this opportunity to introduce our new product.

We would appreciate it if you would arrange for immediate payment.

I look forward to hearing from you soon.

提出「原因」的 3 種說法

> due to 本質上是形容詞，只能修飾「狀態」，而 because of 本質上是副詞，用來修飾「動作」。

以下也是一些 email 常見錯誤，試試你看不看得出來這句話哪裡錯了？

（×）It was cancelled due to rain.（活動因雨取消了。）

（×）Due to John's absence, the boss got very angry.
（由於約翰的缺席，老闆很生氣。）

假如你以前學的文法告訴你，due to ＝ because of，這兩個詞可以代換，那你一定看不出來這兩句的問題在哪裡。

due to 和 because of 這兩個詞，意思相近，但用法卻完全不同，兩者不能夠代換。

首先，due to 本質上是形容詞，只能修飾「狀態」，而 because of 本質上是副詞，用來修飾「動作」。例：

他因為準備不足而失敗了。

（○）His failure was due to poor preparation.

（×）He failed due to poor preparation.

CHAPTER
4

email 大補帖

due to 說明 failure 的原因，failure 是狀態。failed 是動作，不能用 due to 來說明。如果要改，可以改成：

（○）He failed because of poor preparation.

有人覺得這種判斷不容易，有個簡單方法，可以幫助你判斷到底要用 because of 還是 due to。記住：**caused by = due to**。例：

I missed the bus due to the rain.

→ I missed the bus caused by the rain.

改成 caused by 之後說不通，所以要改成 I missed the bus because of the rain. due to 誤用，有時連老外也犯。來看看幾個國外網站的說明：

BBC（英國國家廣播）說：

"Due to. This means caused by, not because of."

due to 意思是 caused by（起因於），不是 because of（因為）。

《經濟學人》寫得更直接：

"When used to mean caused by, due to must follow a noun, as in The cancellation, due to rain, of... Do not write It was cancelled due to rain. If you mean because of and for some reason are reluctant to say it, you probably want owing to. It was cancelled owing to rain is all right."

不要再寫 "It was cancelled due to rain." 這樣的句子了，假如你要說明原因，又不那麼想用 because of，可以用 It was cancelled **owing to** rain.

換掉老掉牙結語吧！

你還在用 Best regards、Best wishes、Sincerely 作為 email的
結語詞嗎？未免太沒建設性了！

商業書信結語怎麼寫才漂亮？很多人千篇一律用 Let me know if you have any questions.（若有疑義請告知。）然後就是 Regards 結束；或者乾脆把結語和署名設為簽名檔，非常形式化。

出色的書信收尾要看對象，更要看狀況，最好讓對方知道發信人希望做什麼。以下列舉尋常結尾字眼與建議用法，對比收件者的感受。

1 Regards（顯得冷淡無情）、Sincerely（頗做作）
　→ **應改用 Looking forward to...**（建議您……）

這兩個結語沒有錯，只不過不須執著固定用法。書信以發揮溝通效果為目的，結尾應該要「加強」這封信所要傳達的訊息。例如：假如你的書信是告知對方砍預算，用 Best wishes 就顯得太矯情。

Looking forward to your reply / feedback.（靜候佳音）

這是重申書信重點最好用的一句話，務必把具體項目寫出來。例如：主旨若是邀請對方與會，請寫 Looking forward to seeing you at the meeting.（期待蒞臨會議。）

2 Cordially（毫不掩飾的敵意）

　　→ **應改用 Thank you for...（感謝您……）**

Thank you for your time.（感謝撥冗。）

特別是當你已在書信中提出請求，最好的結尾是導引對方回應你的要求。例：

Thank you for letting me know when you are available.

（請告知您何時有空，謝謝。）

3 Cheers（聽起來像嘲笑英國人）

　　→ **應改用 Please contact me if you...**

（若您……，請與我聯絡……）

Please contact me to discuss our training plans for next year.

（請聯絡我以討論明年的教育訓練計畫。）

肯定會比平常慣用的 " Please contact me if you have any question." 要有實質意義，因為它帶出下一步動作了。例：

Please contact me so we can review the proposal you sent.

（請聯絡我一同檢視您寄出的企畫案。）

「先」感謝，很沒禮貌

如果你給客戶的信寫著 " Thank you in advance for your attention to this matter." ，小心弄巧成拙了。

「禮多人不怪？」這個道理在寫商業英文 email 不見得行得通。

常出現在文末的 "Thank you in advance."（先謝謝你了。）就是一句引人反感的表達。有些人，甚至英語是母語的老外，會在 email 最末寫道：

Thank you in advance for your attention to this matter.
（先謝謝你對這件事的關注。）

Thank you in advance for any help you can provide.
（先謝謝你的幫忙。）

中文說「我先向你道謝了」、「我先謝謝你了」聽起來是禮貌的表達，但很多商業背景的外籍人士都說這種說法怎麼看都不舒服。為什麼呢？因為 It feels presumptuous.（聽起來自以為是、很冒昧。）

這種寫法已經假定別人非要關注、非要幫忙不可，否則事情都還沒有發生，為什麼要先謝？

"Thank you in advance" also suggests that the reader will not be thanked later on, after fulfilling the request.
（「先謝謝你」也暗指現在先謝謝你，事情完成了就不必再謝。）

事實上所有寫 "thank you in advance" 的人，都是想要更禮貌一點，表達更多的禮貌。讓人感受到你的誠意，你可以這麼說：

Thank you for considering my request.
（謝謝你考慮我的要求。）

當對方願意從頭到尾讀完你的信，表示他已經考慮你的要求了。也可以這樣寫：

I will be grateful for any help you can provide.
（我很感謝如果你可以提供協助。）

I will appreciate your help with this situation.
（我會感謝你願意幫忙。）

I hope you will be able to provide the information.
（希望你能提供更多資訊。）

或者直接省略 in advance 這兩個字：Thank you for any help you can provide. 要注意的是，人家幫了忙，你事後要謝謝他。

我們前面舉的第一個例子："Thank you in advance for your attention to this matter." 這句話，除了 Thank you in advance 讓人不悅之外，for your attention to this matter 更引人反感。

這種官僚式的句子，給人的印象是銀行逾期帳單催繳，打字機時代的字眼，已經過時幾十年了，丟掉吧，不要再用了！

原文出處：http://www.businesswritingblog.com/business_writing/2009/
08/thank-you-in-advance.html

7 大原則，
戒掉 email 贅字

> 寫英文，不是把句子拉得越長，就表示自己越厲害。如果你有這個壞觀念，趕快改！

英文 email，或是英文寫作，特別是用於商業需求時，更要求精準。但是，要怎麼寫才會精準呢？

❶ 用動詞讓句子活起來，use verbs to bring your writing alive.

把名詞變成動詞，溝通會更簡潔生動，也更友善。特別是字的結尾有 -ion、-ment、-tion、-ance、-ence、-ancy、-ency、-ant 的名詞，試試看可不可以換成動詞，讓句子更簡短有力。例：

名詞	動詞
make reference to	refer to
make an application to	apply
the issuance of invoices...	issuing invoices...

❷ 化被動為主動，use the active voice!

不好	好
B is due to A.	A led to B.
B is caused by A.	A caused B.

被動	主動
X is explained by Y.	Y explains X.
X can be identified by Y.	Y identifies X.

❸ 避免模糊語言，no waffle words!

模糊	具體
indicate	say、state、write
appear、seem	is
might、would、should	will、do
contact	call、write、visit
soon	by March 15

❹ 可以用一個字，就不要用兩個字，too many words?

冗長	精簡
The question as to whether	whether
There is no doubt but that	no doubt
He is a man who	he
In a hasty manner	hastily
This is a subject that	this subject
The reason why is that	because
In spite of the fact that	though (although)

❺ 簡單句子就簡單說，make it simple and concise!

囉嗦	精確
The paper jam had the effect of a destructive force on the copy machine.	The paper jam destroyed the copy machine.

囉嗦	精確
We have enclosed a brochure which shows further details of manufacture.	The enclosed brochure shows further manufacture details.

6 起碼讓人看得懂，key the language!（用關鍵字！）

咬文嚼字	淺顯易懂
The choice of exogenous variables in relation to multi-collinearity is contingent upon the derivations of certain multiple correlation coefficients. （外在變化和多重共線性有關的選擇，取決於某些多重相關係數變動為導向。）	Supply determines demand. （供給決定需求。）

7 這些字長得像，別弄錯了，differentiate the commonly confused words!

近似字	說明
affect、effect	affect 是動詞，意思是「影響」。 effect 是名詞，意思是「效果」。
farther、further	都是「遠」，farther 是具體的遠，指距離；further 是抽象的遠，指程度上更進一步。
fewer、less	都是「少」，fewer 形容可數名詞；less 形容不可數名詞。
e.g.、i.e.	e.g. 是舉例；i.e. 是 that is（也就是說）。

會被直接丟進垃圾桶的履歷

以為在履歷表用一些模糊的形容詞，就能贏得人資主管的青睞，那你就完全打錯算盤了。

successful、accomplished、skillful 這些看似非要出現在履歷上的字，讓你失去面試的機會。這些「履歷表關鍵錯字」，不是文法錯或意思不對，是太不精采、千篇一律。

把履歷寫精采，還要給新鮮人一個提醒，不只要寫好履歷，還要成為履歷表上你描述的那一種人：top performer、peak performer、performance driven、resourceful 和 forward thinking ！

❶ 描述自己的成功

successful（成功）→ 模糊

best in class（班上最佳）、top-performer（第一名）→ 明確

successful 是最常在履歷表上被濫用的字。想讓人知道自己表現是否有過人之處，要用一些有實質意義、有重量、有視覺意象的字。

❷ 形容自己的工作表現

accomplished（完成工作）→ 平庸

peak performer（表現得最好）→ 傑出

哪個員工在職務上不是 accomplished？如果不 accomplished，早就被上一個老闆 fired 了。

③ 強調自己的積極

results-driven（重結果）→ 大家都這樣寫
performance-driven（重表現）→ 換點不一樣的

問問招募主管吧！是不是他們看到的每份履歷一開始就都寫著 results-driven。給一個更積極的字眼吧！你追求的不只是結果，還有 performance。

④ 凸顯自己的能力

skillful、skilled（技巧出色）→ 了無新意
talented（有才能、有天分、有本領的，一般來說 talent pool 是指企業中的重點培養人才）、sharp（一針見血）、resourceful（足智多謀）→ 新鮮吸睛

人力資源主管覺得 skillful、skilled 這兩個字最枯燥、了無新意。更有自信的話，可換成 talented；表現出觀點、見識的敏銳，用 sharp；或者 resourceful，這個字很有趣，是 resource（資源）的形容詞，原來意思是指「很有資源」，一個人很有資源時，自然左右逢源，隨機應變的能力也就隨之而來。因此這個字就有「有策略的」、「富於機智的」。如果有人用這個字形容你，是很大的讚美。

❺ 表現更前瞻的態度

problem solver（會解決問題的人）→ 沒重點
forward-thinking（前瞻思維）→ 給希望

人每天都在解決大大小小的問題，每個人都是 problem solver，這樣的基本能力，不需要在履歷表裡特別聲明。forward-thinking 是一種前瞻思維，指在問題還沒發生前就先預見，在別人還沒有看到機會之前就先看到機會。

遜咖
不是我

魔鬼藏在細節裡,學英文也一樣,從發音到辨義,不斷透過細心學習和修正,才能日益精進,戒掉爛英文,説出道地英語。

本章點出許多我們常犯的錯誤,包括用中文式的思考直覺轉換成英文,這種不自覺的習慣,造成很多可笑或邏輯怪異的句子;或用太多模糊、不必要的贅字,造成語意不清且無意義的冗詞氾濫;對一些近似的用字,則要釐清其核心概念,才容易理解而不再誤用。

在學習的過程中,記住:旁邊沒有人在偷偷瞄你、注意你的一舉一動,請拋開「美女情結」,放膽練習説!

請戒掉「美女情結」

英語溝通不需要那麼完美，也可以製造談話的愉快和信賴感。講英文，請用美女的態度，拋開美女情結！

這不是一句玩笑話。你有沒有發現，美女通常英文沒有那麼好。

很多人英文不好，是因為不敢開口，不敢開口的原因是怕別人覺得他的英文太爛。美女這樣的心理負擔就更重了，總覺得人家都在看她的一舉一動，一定要隨時完美無瑕以備路人偷瞄。英文說不好，不曉得有多少雙眼睛在看？不如都不要講以保持形象。

學英文有一種美女情結。電話上跟老外講幾句英文，就覺得全辦公室都在聽，下次千方百計想躲掉這種場面，電話撥幾個鍵又掛掉，其實都是不必要地拖延人生。有這種「美女情結」的人請記住以下鐵律：

❶ 真的沒有人一直在看你

別人就算跟你四目相接，也只有那一秒覺得你美或不美，每個人都有自己的路要走，回到你的談話，這叫作 move on：

Yes / No, because...

緊張到把話縮短成 yes 或 no，加上 because 幫助你想起要告訴對方的原因或來龍去脈。

Let me think about how to say it.

不要說 I don't know. 對方可能質疑你的專業。你的確知道要說什麼，只是需要一點時間用英文告訴他。

Could you repeat your question?

請對方重複一次，除了聽清楚以外，還可以爭取時間整理自己的答案。

❷ 口誤就像臉上長了一顆痘子

這顆痘子只有自己覺得很明顯，其實別人都看不見。It is ok to make mistakes. 犯錯沒有關係，偶爾結巴、吞吞吐吐也無傷大雅，覺得說得不夠好，你可以說：

I'll correct myself, ...（我更正一下……）
Let me rephrase it, ...（我換個說法……）
Let me put it this way, ...（我這麼說好了……）

❸ 就是來迷倒眾生的

有的人，想想也沒那麼美，但就是有那種美女的「氣」。英語溝通也一樣，不需要那樣完美，也可以製造談話的愉快和信賴感：

You've reached the right person.（你找對人了。）
We will work this out together.（我們會找出解決方案的。）
I don't have the answer yet, but, what I can do for you now is...
（現在還沒有答案，但我可以先幫你做的是……）

聽不懂就準備「黑掉」的俚語

> 不管中文或外語，都有許多源自傳統典故的俚語或成語，用原典去想像及延伸其意義，饒富趣味。

有些英文，在關鍵時刻沒聽懂，可能會要你命！過去就曾有日本留學生因為不知道對方喊 "Freeze!" 就是「站住別動」的意思，而被開槍射殺。同樣的，在辦公室裡也有些英文慣用語，若是沒有在第一時間領會，就可能搞砸任務，整個人「黑」掉了。

smell a rat 感覺不對勁

很多傳染病都是由老鼠引起的，因此老鼠經常用來表示不好的事物。smell a rat（聞到有老鼠的味道）就用來指「有疑點、事有蹊蹺、有不祥的預感」。例：

The meeting was suddenly cancelled... I smell a rat.
（會議忽然取消了……我感覺不對勁。）

big wig 重要人物

wig 是假髮的意思。據說在 17、18 世紀，英、法兩國的權貴高層都習慣戴大頂假髮來彰顯身分，因此後人就引用來形容「重要人物」。例：

This client who will come to visit us tomorrow is a big wig. You have to serve him with heart and soul.

（明天要來拜訪我們的客戶是個重要人物，你必須全心全力服務。）

bottom line 重點、底線

由於財務報表上最重要的地方（盈餘／虧損）都會畫上底線（bottom line），因此被用來指某件事最關鍵之處，或者最後結局。例：

The bottom line is we must meet the boss as soon as possible.

（重點是我們必須盡快面見老闆。）

take with a grain of salt 持保留態度

這是一個常用來表示「質疑他人說法」的俚語。會用到 a grain of salt（少許鹽）是因為古時候人們相信鹽可以用來解毒。例：

I hear what he said, but I take it with a grain of salt.

（我聽到他的話了，但我持保留態度。）

take under one's wing 特別照顧某人

通常成鳥在照顧幼鳥時，會以其翅膀來包覆遮蓋，因此引申為「特別關切、照顧」之意。例：

Please take Helen under your wing. She is the boss' niece.

（請特別照顧海倫，她是老闆的姪女。）

foot the bill 埋單

聽到 foot，多數人的第一反應是名詞的「腳」，當動詞的話則解釋為「步行」，不過 foot the bill 可不是把帳單踩在腳底下，而是付帳的意思。你或許覺得奇怪，付帳為什麼會用 foot，其實那是因為以前店家會把帳目的總金額寫在帳單底部（foot of the bill or account），foot 相當於 bottom（底部），因此後來就延伸出這個慣用語。另外，foot the bill 還有「負責」之意。例：

I have to foot the bill for the company's clients.
（我必須幫公司的客戶埋單。）

The government will foot the bill if the bank goes broke.
（如果銀行倒閉，政府將負責清償。）

face the music 面對事實／接受制裁

你或許會想，這個動詞應該是寫錯了，應該用 listen to 或者至少是 hear 吧！但真的有 face the music 這個說法，只不過它跟享受音樂毫無關係，而是指不得不「接受懲罰、承擔後果」的意思。據說這個慣用語源自劇場，指的是劇場裡的演員無論多麼緊張或怯場，只要音樂一響起，都得面對舞台前方的樂隊做表演，因此 face the music 的用法也就應運而生了。例：

The official insisted that no negotiations could begin until he went back to Taiwan to face the music.
（政府官員堅持他先回到台灣接受制裁，才能展開協商。）

box somebody's ears 打耳光

box 當名詞是「箱子、盒子」,當動詞時是把某物「裝箱、裝盒」,很難讓人聯想到可以用來指搧人耳光!當然,你也可以用 slap somebody on the face。例:

Why did you box his ears? He is just a kid.
(你為何打他耳光?他不過是個小孩子。)

run a temperature 發燒

一般我們講發燒,會說 have a temperature、get a temperature、have a fever,所以看到用 run 當動詞,別以為是搞錯了。由於生病時體溫可能起起伏伏,用 run 其實相當傳神。例:

The doctor asked Mary to stay in bed because she was running a temperature.
(醫生要瑪麗臥床休息,因為她當時正在發燒。)

pass the time of day 打招呼

pass 的動詞解釋相當多,常見的是「經過」某地,或者「通過」考試。另外,則是有「傳達」之意。這裡比較像是講「傳達」,因為跟人打招呼基本上就是在傳達自己的善意。例:

I met my ex-colleague at the MRT station this morning, but he didn't even bother to pass the time of day with me.
(我今天早上在捷運站遇到一位前同事,但他懶得跟我打招呼。)

遜咖不是我

弄巧成拙的 I think.

你說出來的話，就代表了自己的想法，畫蛇添足多講一句 "I think"，小心對方翻臉！

You are a good boss, I think. → 不佳

你常常用 "I think" 開始句子嗎？或者你偶爾也會在句子結束時，加上一句 "I think"？

跟應該刪掉的口頭禪 whatever、actually 一樣，"I think" 是一個畫蛇添足的發語詞。開口閉口就是 "I think" 的習慣，還是改掉比較好！

先來看個例子：

Mr. Wang：Mike, your idea really helped us a lot!
（王先生：麥克，你的想法真是幫了大忙了！）

Mike：Thank you. This program is working really well.
（麥克：謝謝。這個計畫執行得很順利。）

這段對話到此，麥克聽了稱讚自然開心，也充滿了信心。

Mr. Wang：Yes. You are a great programmer, I think.
（王先生：是啊！我認為你是個很好的程式設計師。）

Mr. Wang 原想加重語氣「我真的是這麼認為」，所以說了 "I think"。但一聽到 "I think"，剛剛還微笑著的麥克，馬上皺起眉頭。

再強調就是畫蛇添足。句子最後加上 "I think"，麥克聽起來，就像「你是個很優秀的程式設計師，起碼我這樣想，但其他人是不是這麼認為，我可沒把握。」

這看來是不是貶多於褒呢？說成 "I think you are a great programmer."，也許稍好一些！

但是，省略 "I think"，直接說 "You are a great programmer."，反而更能精確表達，不但充分顯現出說話者的自信，我覺得你很好，應該也就不會錯了。

"I think" 是老中過度依賴的一句話，用這句話的原因，多半是一時找不到其他的字。太常用 "I think"，就算文法沒用錯，句子永遠就是 I、I、I，限制了結構的多樣性，不是過度沒自信，就是自我意識太強。直接省略，從你嘴巴裡講出來的話，當然是你想的，不必冗贅。

和 "I think" 相關的另一個常犯錯誤還有：我想我無法做到。

（×）I think I can't.

（○）I don't think I can.

這樣的用法在英文上稱為「否定前置」，這就是當用中文說「我想我不會」時，英語的概念是「我不認為我會」。

「睡過頭」十之八九會說錯

你説對了嗎？
Sorry for not attending the meeting this morning; I _____.
1. overslept 2. sleep over

一個週末早上，學生匆匆忙忙跑進世界公民文化中心，遲到了。一進門，她就向老師抱歉：I am sorry. I slept over!

她想跟老師說的是：對不起，我睡過頭了。

睡覺是 sleep，over 是過頭，兩個字拼在一起當然就是「睡過頭」，好像完全沒問題。錯了！ **sleep over 是到別人家過夜，sleep in 才是睡過頭**。老外當然理解這類錯誤，但想來真是糗，還好是在教室裡犯錯，如果是和老闆開會，說自己 sleep over，豈不糟糕！

來看幾個和 sleep 相關的表達：

① sleep in

比平常起床的時間晚，例：

I planned to sleep in tomorrow.
（我明天打算睡晚一點。）

也可以說 sleep late，但不要理解成 oversleep（睡過頭），後者是指比原訂的起床時間晚，例：

Sorry for not attending the meeting this morning; I overslept.
（很抱歉早上沒去參加會議，我睡過頭了。）

相反的，如果要表達上床的時間很晚，可以說 go to bed late，或是 stay up late（熬夜）。

② sleep over

這是美國的學生常掛在嘴邊的片語，意思是到朋友家過夜。例：

My mom said I could sleep over in your house on Saturday night.
（我媽說我星期六晚上可以在你家過夜。）

因為美國的住宅區域較不集中，大眾運輸工具的選擇也不多，所以美國的小朋友週末到同學家玩後，有時就乾脆住上一晚。

③ sleep out

顧名思義，這是指在外頭過夜，就像 dine out（出外用餐）一樣。例：

Let's go camping this weekend and sleep out under the stars.
（這週末我們去露營，就睡在星空下吧！）

❹ sleep around

在現在這麼開放的時代，大家一定也得學會這個片語 —— 跟很多人上床。例：

Our culture is usually fine about guys sleeping around, but not girls.
（我們社會的價值觀通常能接受男性有多重性伴侶，但不能接受女性這麼做。）

❺ sleep like a log

我們中文說「睡得像頭豬」，英文要說「睡得像木頭」，意思是「睡得很沉」。例：

After this show, I was finally able to sleep like a log for the first time in the past several months.
（這個展覽結束後，我總算可以安穩地睡覺了，過去好幾個月一直睡不好。）

另外，我們也可以用 sound sleep（n.）和 deep sleep（n.）來形容熟睡，light sleep（n.）則用來形容淺眠。以此類推，a heavy sleeper 就是指一向都睡得很熟的人，a light sleeper 則用來形容比較淺眠的人。

正確使用這些片語，能讓你的英文聽起來更道地，與老外對話才不會辭不達意喲！

氣到咬牙切齒，別只會用 angry

英文學到一個程度，同一個詞，多記下不同的說法，才能讓自己的英文語彙變得豐富生動。

好英文藏在細節裡，例如：「費用」的說法有 fee、charge、fare；「笑」也有 laugh、smile、crackle、giggle。生氣也有各種不同程度，但我們大多只會說 "I am so angry!"、"I am truly mad!"。事實上，「生氣」的英文慣用語非常多，像中文裡有氣壞了、火冒三丈、咬牙切齒等。以下逐一介紹，學會的話，萬一生氣，你仍然可以把英文說得很有深度！

as mad as hell 氣壞了

生氣的感覺像掉入地獄一樣難受。

When I found my car had been towed away, I was as mad as hell.
（我發現車子被拖走時氣壞了。）

foam at the mouth 氣憤不已、火冒三丈

foam 是「泡沫」的意思，嘴裡冒泡沫，有生氣的意象哦！

When informed of the news, I foamed at the mouth in anger.

（我得知消息時感到氣憤不已。）

hit the ceiling / roof 氣得發火

顧名思義就是「撞到了屋頂」，形容一個人氣得暴跳如雷，甚至都撞到了屋頂。

I hit the ceiling when I knew that he would be late again.

（我得知他可能又要遲到時氣得發火。）

as mad as a wet hen 氣得哇哇叫

就像被弄濕的母雞一樣生氣。

I was as mad as a wet hen when I realized that my sister had eaten my strawberry cake.

（我發現我的草莓蛋糕被妹妹吃掉時，氣得哇哇叫。）

choke with rage 氣得說不出話

choke 是「窒息、噎住、說不出話來」的意思，所以是指被胸中一團怒火卡得說不出話來。

My colleague made me choke with rage.

（我被同事氣得說不出話。）

champ with rage 氣得咬牙切齒

champ 是「咬囓、咀嚼」的意思，所以是指一個人氣得用力咬牙的樣子。

Each time I am called "chicken", I will champ with rage.
（每次被人叫膽小鬼，我都氣得咬牙切齒。）

get hot under the collar 氣得臉紅脖子粗

collar 是衣服的領子，氣到臉紅脖子粗時，領子底下當然會很熱！

If anyone bothers me, I get hot under the collar.
（如果有人煩到我，我就會氣得臉紅脖子粗。）

chance 和 opportunity 有何不同？

> 分辨意思很像、長得很像的字，要找到辨別它們的「核心概念」，才不容易用錯。

你分得清 rise 和 raise 嗎？看起來很簡單，但世界公民文化中心做過隨口小考試，發現這個字的錯誤率竟然高達七成。還有，「很希望有一個外派的機會」，這機會是 chance 或 opportunity？

分辨意思很像、長得很像的字，不要去記它們的中文意思，而是找到辨別它們的「核心概念」。我們一起來看以下 5 個例子：

❶ rise 和 raise → 是自動上升 or 人為提起？

rise 和 raise 都有「升起」的意思，但 rise 大多當不及物，不需要加受詞，例：

The sun rises every day.（太陽每天升起。）

若有受詞，會在 rise 之後先加上介系詞，例：

The sales rose to USD$100 million.（業務增加到 1 億美元。）

raise 是及物動詞，後面一定要加上受詞，例：

She just raised the rent again.（她又漲房租了。）

raise 也指「養育」、「舉起」或者是名詞的「加薪」，例：

You should ask your boss for a raise.

（你應該跟你的老闆要求加薪。）

② chance 和 opportunity → 是機率 or 期待？

chance 是機率，大部分指偶然的機會，經常含有僥倖的意味。
opportunity 多指特殊的機會，含有期待、願望的意味。兩者有時可以互換，但當 chance 表示可能性時，不能用 opportunity 代替。例：

A strange chance had landed me upon the French coast.

（一個奇怪的機會使我站在法國的海岸上。）

She waited a long time without finding opportunity for a new departure.

（她等了很長時間都沒有找到新的動身機會。）

There is a chance that he may be alive.

（他也許活著也說不定。）

③ economic 和 economical → 節省的 or 和經濟相關的？

economic 意為經濟上的、與經濟有關的；economical 意思是節約的、節省的。

The present economic situation in Italy is serious.

（目前義大利的經濟狀況很不樂觀。）

I have to be economical because I don't have much money.

（我要節省一點，因為我錢不多。）

④ after thought 和 second thought
→ 還要再想 or 跟原來想的不一樣？

after thought 是指「和原來計畫不同」；但是 **second thought** 是表示「再想一下」。

> The manager said that the new product was an after thought.
> （經理說那新產品原來不在計畫內。）
> Let me have a second thought.
> （讓我再考慮一下。）

還有一個很像的詞，叫作 **second opinion**，意思是「另外的想法」。

> He would like to have a second opinion from another lawyer.
> （他想聽聽另一位律師的意見。）

⑤ act 和 action → 行為 or 動作？

act 當名詞是指「行為」，是具體的。例：

> I caught her in the act of reading my letters.
> （她在讀我的信時，被我當場逮著了。）

而 **action** 指的是「行動」或「動作」，是積極地去做一件事，是抽象的。-ion 或 -sion 的字尾，就是一種把動作抽象化的字尾。例：

> Actions speak louder than words.
> （行動勝於空談。）

10大逐字照翻的 「鬧笑話」英文

依你想表達的中文逐字翻譯成英文，常會講出文法沒錯，但是中文味很重的英語，不但外國人聽不懂，還會鬧出不少笑話。

「第一次出國，看到 Mango 這個字，以為是 Man go，男人去的地方。」一個世界公民學生提到她的海外經驗，周遭的老外、老中都笑翻了。

不管是英文到中文，或是中文到英文，逐字翻譯都會鬧笑話。逐字翻譯，常會講出文法沒錯，但是中文味很重的英語。例如：借廁所用 "May I borrow your toilet?"（正解：May I use the bathroom?）；全身痠痛就說 " I'm painful."（正解：I ache all over.）。

以下幫大家整理 10 句最常見的直翻英語錯誤和解決策略。

解決策略 → 掌握意思，不要管單字

把中文結構照搬到英語中，是造成失誤的主要原因之一。例如：接到電話，要回答對方說：

1 他不在座位上。

（×） He is not on her seat. 這樣表達很拗口，直接說：

（○） He is not in right now.（他現在不在。）

（○） He is not available.

② 對不起，沒有座位了。

（×） Sorry, Sir, we have no seat now.

（○） Sorry, we have no seat available.

③ 我遇到了很多困難。

（×） I am having many difficulties.

（○） I am having a few problems / lots of problems.

④ 請快點走，否則我們會遲到的。

（×） Please hurry to walk or we'll be late.

（○） Please hurry up or we'll be late.

⑤ 別理他。

（×） Don't pay attention to her.

（○） Leave her alone.

解決策略 → 搞清楚主詞是誰，抓住主詞＋動詞的基本句型

⑥ 我工作很忙。

（×） My job is busy. 很忙的是人，不是工作，要說成：

（○） I'm busy with work.

busy with 是一個好用的句型，忙於功課，就用 busy with studies；忙於家事，就用 busy with housework。

❼ 我的工作是老師。

（×）My job is a teacher.
（○）I am a teacher. / My job is teaching.

❽ 他身體很健康。

（×）His body is healthy.
（○）He is in good health. / He's healthy.

真正健康的是 "he"，不是 "body"。

❾ 價格太貴／便宜了。

（×）The price is too expensive / cheap.
（○）The price is too high / rather low. / It is too expensive / cheap.

價格是高低，東西才是貴或便宜。

❿ 車速太快了。

（×）The speed of the car is fast.
（○）The car is speeding. / The car is going too fast.

你的英文「大學」
了沒？

凡事從大處想（think big），其實用在英文學習也挺管用。
講英文時，別太在意文法，專注在有沒有用 target language
就對了。

《經營公司這樣想就對了》（*Always Think Big*）是一本全球暢銷書。描
寫一位大嗓門的推銷奇才吉姆‧麥金瓦爾（Jim McIngvale），麥金瓦爾
開的藝廊家具店，單一店面全年營業額超過 200 萬美元，全球單位面積
銷售量世界第一，也是全球最賺錢的家具零售店。

這本書推出後，"Think Big." ── 有人稱之為「大想頭」，或「凡事從
大處想」── 成了企業的金科玉律，其實用在英文學習也挺管用！

我們過去的英文教育多半是「小學」，講文法、背單字、考試，字字鑽
研，小問題也不放過，搞到最後每個字都像是懂了，但一旦要說的時
候，都不知道跑哪兒去了。「小學」是基本功，假設你已經有基本功，
不妨試一試「大學」，也就是 think big 的功夫，它憑感覺、反應，讀
文章的時候，是 scan 或 skim 的閱讀方式，抓到意思就對了；英文對談
時，不在意文法對錯，關心的是我有沒有用 target language？

think big 讓人胸襟開闊，讓你接納不同的表達方式、句型和來自不同國
籍的口音，它讓你喜歡說 second language 時的自己。

來看看幾個充滿 "think big" 思維的字：

❶ big picture 縱觀全局

big picture 表面的意思是大圖，引申為整體局勢或重點。最常聽人口語上講的是：You have to look at the big picture.（凡事往大處想。）再看兩個例句：

> When it comes to your finances, you need to look at the big picture, rather than live in the moment.
> （談到財務方面上，你需要盱衡全局，而不是只看現有資訊。）
> Concentrate on the big picture for now. Don't worry about the minor details.
> （先把精神集中在重點上，不要擔心旁枝末節。）

❷ bird's eye view 居高臨下

這詞的意思是「鳥瞰」，也就是「俯視」，因為居高臨下，一覽無遺，讓你能俯視全景。

> The speaker gave a bird's eye view of the situation.
> （報告人概述了整個局勢。）

相對於鳥瞰，有一個傳神的片語叫 worm's eye view（蟲視）。意思是你只了解或懂得一件事的很小一部分。而且不幸的是，你了解的是最不重要的部分！例：

What does he know about prepositions? He only has a worm's eye view of English grammar!

（他哪裡懂介系詞了？他對英語文法的了解少得可憐！）

❸ horizon 視野、地平線

horizon 這個字，是英語世界開創文明的一個好字。哥倫布航海發現新大陸，遙望海天一色的一條水平線，就叫作 horizon。有人說，英語詞彙要選最重要的字，非此字莫屬，因為這個字，有一個民族的氣度胸襟。

horizon 原來是地平線，有人解為「江湖」，也算有創意。

中文我們說某事浮上檯面，英文就用 on the horizon。例如：很快就會出事，可以說：There's trouble on the horizon.

開拓視野，英文則可以用 broaden / widen our horizon。

61

3種方法
改掉落落長句

> 長句和短句各有千秋。長句好在委婉，但不能囉唆；短句好
> 在明快，但要避免生硬、死板。

講英文，句子長好，還是句子短好？雖然我們希望學生不要說小學生式的造句，但也不要矯枉過正，把每個句子都說得落落長。

西方語言學家調查過，英文口語句子，單字數量最好不要超過 20 個，句子太長，聽者有可能無法專注，漏聽一、兩個單字，就可能遺漏掉重要訊息。

避免句子冗長，有幾種方法。一種是將一個長句切割為幾個短句，每個短句子之間有語氣上的停頓，讓聽話人有喘息的感覺；另一種則是簡化句子的單字構成，用簡單的單詞代替複雜的單詞。

下面為讀者介紹 3 種常用的簡化方法。

方法 ❶ 簡化法

用一個單字代替一組意義相同的單詞，例：

CHAPTER
5

遜咖不是我

1. 用 forget（忘記）代替 do not remember（沒有記住）
2. 用 ignore（忽視）代替 do not pay attention to（不注意）
3. 用 now（現在）代替 at this point in time（此時此刻）

方法❷ 省略法

省略同義詞或近義詞。例：

The project is important and significant.

（這項計畫很重要，有極大意義。）

→ 改成 The project is significant.（這項計畫意義重大。）

在上例中，形容詞 important（重要）和 significant（有重要意義），就是兩個同義詞（也可以說是近義詞），我們可以省略 important，只保留 significant。

方法❸ 換個說法

在不改變句子含義的前提下，找到更簡潔的表達方法。

The cover of the book is red in color.（書的封面是紅色的。）

→ 改成 The book cover is red.（書封是紅色的。）

這 3 個方法也可以同時應用，我們來看看把這些方法結合起來，將一個冗長、拗口的句子改成簡短、易懂的句子。

冗長：

University malls must be accessible and free from congestion in order that students, faculty and employees may have unobstructed passage through the areas of the campus.

（校園道路必須是便於通行的、不堵塞的，以便讓學生、教師和職員能夠無阻礙地通過，到達校園的各處。）

簡短：

University malls must be free enough from congestion to allow people to walk through easily.

（校園道路不應堵塞，方便人們順利通行。）

6個贅字，
一說出口就弱掉！

選用能貼切表意的字，是一種修練。不要談到「大」，就只
會用 big；找不到代稱的就用 thing。

你英文想要多好？多好才叫作好？

這是我們最常問學生的問題。最常聽到的答案，是「**精準**」。什麼是精
準呢？其實就是選對字。不要想表達「強烈」，只想到 very；所有「美
好」的事物都是 good。

❶ thing

找不到字的時候，很多人就會硬塞一個 thing 進來。英文表達著重明
確，例：

我要告訴你的事很重要。
The thing I'd like to tell you is important. → 冗贅
What I'd like to tell you is important. → 簡單

我有很多工作要做。
I have to do many things. → 模糊
I have a lot of work to do. → 清楚

❷ there

沒有主詞的時候，there 這個字經常會被想起。there 用多了會讓語氣很弱。例：

> 沒有人在辦公室。
>
> There was no one in the office. → 弱
>
> No one was in the office. → 強

❸ you

很多時候我們用「你」並不是指說話的對方，而是泛稱，這時用「我」會更有力，與對方拉近距離。例：

> 我們的老闆人很好，常常給我們建議。
>
> Our boss is nice. She always gave you advice. → 不好
>
> Our boss is nice. She always gave us advice. → 好

❹ when

兩件事同時發生時，自然就想到要用 when，但這個字經常是多餘或錯誤的。

> 她到美國時，拜訪了一位老朋友。
>
> When she went to the US, she visited an old friend. → 不好
>
> went to是一個短暫動作，這是一種很不自然的表達。
>
> She went to the US and visited an old friend. → 好

⑤ really

這個字基本上沒有多大作用。例：

> 要在大家面前演講，他真的很緊張。
>
> He was really nervous about speaking in public. → 不好
>
> He was nervous about speaking in public. → 正常

如果要表現出程度差異：

> He was panicky about speaking in public. 或
>
> Public speaking scared him. → 強

⑥ because

用多了 because 讓人覺得你講話很多藉口。去掉它，改用 and 和一個更有行動力的字眼。例：

> 我累了，想離開。
>
> I want to leave because I am tired. → 弱
>
> I'm tired and want to leave. → 強

4 招戒掉英文裡的中文味

很多人感慨自己講英文很中式，但又很困擾到底怎樣才能去除中文味。以下幾個原則要練習掌握。

有一個有趣的反例，一個美籍老師告訴我，直到他學了中文，才恍然大悟，為什麼他的學生經常講類似這樣的句子：

Every morning I go to work...

這句子也沒有錯，但老外多半把 every morning 放在句尾。老外學過中文後，才知道這話並不是強調「每天」，只是直譯中文：每天我去上班。

於是我們老中和老美就做了一次腦力激盪，有沒有輕鬆就可以擺脫中文像英文、英文像中文的方法。想要輕而易舉就達成，不太容易，但掌握這幾項原則，母語干擾會越來越低：

① 搞清楚到底誰是主詞？

英文的主詞處在關鍵位置。中文說價格很貴，但英文不說 "the price is expensive"，而說 "it's expensive"。因為 price 只會 high，而不會 expensive。把以下每一句的主詞畫出來，開始會有些感覺，老美是怎麼想事情的輕重。

他的手痛，所以很難操作機器。

（×）His arms were painful, which made it difficult for him to operate the machine.

（○）The pain in his arms made it difficult for him to operate the machine.

痛才是重點，因為痛才無法進行操作，手不是重點，用 pain 當主詞。

② 不要上了動詞的當！

英語和中文結構很像，多半以「主詞＋動詞」為主軸。有些時候會出現不同的組織方式。英語中有些字是「令某人或某事如何」，如：

astonish 使驚訝

confuse 使困惑

convince 使信服

fertilize 使肥沃

involve 使捲入

terrify 使驚恐

impress 使得到深刻印象

grieve 使悲傷

這和我們習慣的表達不同。中文思維一見到「使……」、「讓……」，馬上想到 make 或 let 兩字，導致它們使用氾濫，比較這幾個句子：

我對問題的回答讓他失望。

（×）My answer to the question made him feel disappointed.

（○）My answer to the question disappointed him.

這讓我想到「熟能生巧」。

（×）This made me think about an old saying "Practice makes perfect."

（○）This reminded me of the old saying "Practice makes perfect."

❸ 竹節句 vs. 流水句

有人比較中英文句子，說英語句子是「竹節句」，一節接一節，比較緊湊。中文句子喻為「流水句」，少用連接詞，行文仍然流暢。中文人口受中文結構的影響，寫出的英文句子單調、缺乏韻味和節奏感等。以下是把兩句併一句的例子：

我已經在這家公司服務多年，該是轉換跑道的時候了。

（×）I have worked for the company for many years. I'd like to change my job.

（○）With so many years working for the company, I feel it's time for a career move.

❹ 比喻轉換避免尷尬

比喻的說法通常是經過文化長期醞釀而成，不同文化自然形成不同比喻，例：

害群之馬 → black sheep；馬變成了羊

餓得像狼 → as hungry as a bear；狼變成了熊

殺雞取卵 → kill the goose that lays the golden eggs；雞變成了鵝

試著了解這些比喻的內涵，記住它、活化它，不但是對不同文化的探索，也能講出充滿「生氣」和「靈氣」的英語。

一開口就扣分的談判語言

談判是一種雙贏的藝術，不是你輸我贏的零和遊戲。用英語談判，不要一開口就搞砸了。

職場升遷、商場買賣的基本條件是表現超標，進階條件則少不了出色的溝通、談判技巧。爭取主導權，不是為了「贏者說了算」的零和結局，而是達成最符合雙方利益的結果。以下 3 種一開口就下錯棋的心態，你一定要改過來。

❶ 重點是 you，不是 I

NG 原因：一開口就說 we think、we feel、we suggest

不要用自我中心字眼，開放性問題才能為對方著想。可改用下列說法：

What do you think you can manage this situation?
（你覺得你們可以怎麼處理？）
Could you tell me what sort of figure you are thinking of？
（你心中的數字是多少呢？）

❷ 談判效益著重長期，不看眼前

NG 原因：一開口就說 it's unacceptable...

短期來看也許協商重點在價格或時間，但建立長期關係才是省去日後麻煩的好方法。可以這樣說：

I am sure each of us can compromise a little for long-term cooperation. How about...

（為了長期合作，我們雙方各退一步，不如……）

如果真的不能讓步，也要有禮陳述立場：

I'm afraid that's as far as we could go. Perhaps we can consider it next time.

（恐怕我們只能做到這樣，也許下次我們可以再考慮。）

❸ 找到至少雙方都可以接受的結果

NG 原因：一開口就說 take it or leave it

擺明了沒有轉圜空間，恐怕演變成難以挽回的局面。例如：你可以提出折衷方案：

May I suggest we sign a 3-months contract on a 5 percent discount? We can see if we can reduce the price further afterwards.

（可否容我建議雙方先簽一份降價 5% 的 3 個月短期合約，之後再決定還能否再調降？）

最容易「有邊讀邊」的 4 個形容詞

> 有些字長得像,字義也接近,英文程度究竟好不好,從這裡就露出端倪啦!

會誤解這些形容詞,是因為我們太相信自己的直覺判斷,有邊讀邊,長得像的字自然把它歸為一國。仔細分辨它們細微的差別,魔鬼藏在細節裡;好英文也一樣,在細節裡!

❶ systemic 全身系統的,用來和「局部」作區別

例如:systemic infection 是全身感染、local infection 是局部感染。systemic financial crisis 指會擴散到整個金融圈(系統)的危機。

誤解成:systematic 有系統的

表示用一致的方式、有組織地做事。systematic error 是系統性錯誤,不是全身性錯誤。

最不容易忘記的方式是「記詞組」,用詞組幫你感受這個形容詞。記住 systemic infection,自然也就知道 crisis 要用 systemic 形容了。

❷ alternate 交替的、輪流的

Jeff and Eric do the work on alternate days.

（傑夫和艾瑞克兩個人輪替著工作。）指一個人做，另一個就不做。

誤解成：**alternative 二選一的／替代做法**

She had no alternative but to ask for a few days' leave.

（實在不得已，她只好請幾天假。）

❸ continual 頻繁的，重複或持續發生的，但是持續發生是可以間斷的

Please stop your continual questions.

（請不要接二連三地問問題。）

誤解成：**continuous 在時間或空間上是不間斷的。**

Continuous arguing always winds me up.

（無休止的爭論讓我抓狂。）指的是真的沒有中場休息的爭吵。

❹ infamous 惡名昭彰的

誤解成：**famous 著名的**

記的方式很容易，in- 這個字首在名詞或形容詞前，是「無、相反、沒有」，所以 infamous 就是 famous 的相反了。

10句用中文思考一定講錯的英文

> 切換中文思考與英文思考，一定要養成一種對習慣性錯誤的自覺，避免陷入中文表達思維的陷阱，才有可能說得道地。

「我等一下再和你聯絡。」把這句講成英文，很多人會直接說：I will contact with you later.

聽起來好像沒錯。其實錯了。正確說法是：I will contact you. 因為 contact 當動詞意思就是「和……聯絡」，不必再用 with。

「那個字是什麼意思？」也有很多人會說成：What is the meaning for the word?

為什麼不更簡單點：What does the word mean?「意思」在中文裡是名詞。mean 是動詞，相當於中文裡的「意思是……」。

講英文時，我們的中文干擾常常一再出現，因此犯了一些不自覺的錯誤。因為不自覺，所以無從自我調整。

讀完這 10 句，請你把「錯誤的自覺」植入思維，「對的英文」從這裡發芽！

❶ 投影機必須下週五前還回來，要不然會有罰金。

（×）You must return back the projector by next Friday or you'll be fined.

（○）You must return the projector by next Friday or you'll be fined.

return 已經有「還回來」的意思，不必再加 back。就好像 repeat 也有重複意思，請人重複一次，不要說 "repeat again"。

❷ 她比較晚婚。

（×）She married old.

（○）She married late in life.

年紀大才結婚，我們用 late in life，而不用 old。

❸ 我在報上讀到這則新聞。

（×）I saw it on the newspapers.

（○）I read it in the newspapers.

在報紙上讀到某則新聞用 read，不用 saw，而且介系詞用 in，不用 on。

❹ 別把辦公室弄得亂七八糟。

（×）Don't make the office out of order.

（○）Don't leave the office in a mess.

搞得亂七八糟，用 "leave... in a mess"。

❺ 我得打很多電話。

（×）I call a lot of phones.
（○）I make a lot of phone calls.

打電話用 make phone calls；有些人會直接用 I call the phone。打電話給電話，語意不通。

❻ 車上還有位子嗎？

（×）Is there any place for me in the car?
（○）Is there any room for me in the car?

room 指所占的「空間或場所」、處事的「餘地」等意思，挪出空間叫作 make room for。place 指「地方、場合、位置」；就座、入席是 take one's place。

❼ 我們一起玩吧！

（×）Let's play together.
（○）Why don't you come over？

中文說「一起玩吧！」英文比較不是這樣的表達方式。西方人會用「何不一起來？」的問法邀請別人。

❽ 日本的首都在哪兒？

（×） Where is the capital of Japan?

（○） What is the capital of Japan?

這個問句應用 what，而非 where。因為這句話是問「哪一個城市」（名詞），而不是「城市的位置」（副詞）。

❾ 他待我很友善。

（×） He treated me very friendly.

（○） He treated me in a friendly way.

friendly 是形容詞，它並沒有副詞形式，不能用來修飾 treat。

❿ 我的耐心有限度。

（×） There is a limit in my patience.

（○） There is a limit to my patience.

limit 搭配的介系詞是 to，不用 in。

最「要命」的英文字

want 這個字，可以代表想要、希望，或需要、有必要，名詞則代表缺乏或困苦，看似簡單，用起來卻很容易錯。

英文不好，有時只是溝通失誤而已，但有時卻變成了 dead or alive! 曾有一則社會新聞，嫌犯的英文不好，穿了一件印有 "WANTED" 的 T 恤，剛好遇見巡邏員警。「這個字不就是通緝嗎？」員警幾天前才看了電影《決殺令》，當中有一句台詞："Wanted, dead or alive!"，他對 "Wanted" 翻譯是「通緝」印象深刻。巡邏時，見嫌犯騎車從旁閃過，所穿 T 恤印著大大的 "WANTED" 字樣，特別敏感，盤查之下，沒想到他竟然真的是通緝犯。

嫌犯感慨自己英文不好才被逮，警察慶幸自己英文不錯才能抓到嫌犯。want 這個字，簡單卻也容易錯，一起來看看。

美國 911 事件發生後，小布希曾對賓拉登喊話：

You are wanted, dead or alive.

這不就是 T 恤上印的字嗎？這句話很有西部牛仔味，意思是：「通緝，不論生死。」語氣有點像中文撂狠話：「生要見人，死要見屍。」wanted 要找到這個人的力度非常強。FBI 的 10 大通緝要犯，在 FBI 的官網上大大的字寫著 "FBI ten most wanted"。非要把這些人找到不可，

wanted 有這個特性，於是這個字就被「徵才」給借走了，以前徵才廣告很常用 help wanted，近來常見的 job wanted 或者直接講 wanted，更簡潔。

文法上，want 當動詞，表示主觀上的**想要、希望**，如果是一種有意識的行為，後面只能加不定詞，不能用動名詞，也不接子句，例：

我想買台電腦。

    （×）I want buying a computer.
    （○）I want to buy a computer.

我希望你仔細考慮一下。

    （×）I want that you will think it over.
    （○）I want you to think it over.

want 在表示客觀上的**需要、有必要**，是一無意識行為，後面可接不定詞或動名詞，但要注意：後接動名詞是用主動形式表示被動。例：

這些花草得天天澆水。

    （×）The plants want being watered every day.
    （×）The plants want to water every day.
    （○）The plants want watering every day.
    （○）The plants want to be watered every day.

want 除了當動詞，還可以作名詞，指的是**缺乏或困苦**。這個意思才是 want 最原始的意思。想是窮人因為缺乏，才會想要。三餐不繼是 "live in want"；需要一個更好的解釋是 "for want of a better explanation"，有一句格言是：Want is the mother of industry.（貧困是勤勉之母。）

遜咖不是我

和「英文警察」
黏在一起吧！

「英文警察」起初會讓你覺得自己的英文流暢感變差，沒有關係，那是正確流暢以前的澀滯期，是必要過程。

台灣人學英文，似乎有不少「性別」問題，she / he 或 her / him 口說時經常會搞混。這類問題，似乎不斷地練習成效也不大。到底要練多久、怎麼練，才能講對？

明明懂規則，卻不能一出口就對，原因很簡單，因為你的腦子裡還沒有住一個「英文警察」，這位「英文警察」能在你的 she / he 脫口而出的時候，先幫你做 "grammar check"（文法檢查）。

請一個「英文警察」住在腦子裡並不難，你可以這麼做：

在 1 週的時間裡，每次用英文講到人稱 she 或 he 時，你稍微停一下，想了再講，讓「英文警察」發揮作用。教學經驗告訴我們，經過 50 至 120 次停頓經驗，你就會開始對人稱性別有意識，之後犯錯的機率將低於 10％，漸漸它就會變成你的語言慣性。「英文警察」起初會讓你覺得自己英文流暢感（fluency）變差，沒有關係，那是正確流暢以前的澀滯期，是必要過程，很快就會過去。假如一整個星期都沒有機會講英文，就假想一個情境自己練習。

儘管 he 和 she 對了，也還會有一個問題，就是談話中充斥著 he 或 she，表達很冗贅。要避免冗句，請熟讀以下句子：

以複數解決

每個部門員工都應穿著合宜。

（錯）A department employee should make sure they dress appropriately.

（差）A department employee should make sure he or she dresses appropriately.

（好）Department employees should make sure they dress appropriately.

以句型解決

一個謹慎的主管應該知道錢到底花到哪裡去了。

（差）The prudent executive needs to know where his money goes.

（好）As a prudent executive, you need to know where your money goes.

複數與句型一併解決

如主管於週三前交出報告，週五前就會收到修正版。

（差）If the manager files his or her report by Wednesday, he or she will have the revised copy returned to him or her on Friday.

（好）Managers who file their reports on Wednesday will have a revised copy returned to them by Friday.

刪除法

不要以性別或人種當作判斷依據。

（差）Don't judge someone simply on the basis of his sex or color.

（好）Don't judge someone simply on the basis of sex or color.

（好）Don't judge people simply on the basis of sex or color.

漂亮
烙英文

本章是本書的進階部分,從《後宮甄嬛傳》、菲律賓槍殺我漁民事件的聲明稿,到第50屆金馬獎頒獎典禮話題,都收錄在本章內容討論。我們也從《華爾街日報》認識重要財經名詞,從巴菲特傳記學口語詞彙,從國際大咖企業家的人生哲學裡,偷學智慧和英文佳句。

最後,本章也收錄世界公民文化中心的老師們,提供給讀者好幾種獨到的英文學習方法,像是如何透過模仿、腦力激盪法,以及「視譯法」,在日常生活中訓練自己的英文口語表達,非常值得參考並實踐。

《後宮甄嬛傳》
10大名句裡的智慧

《後宮甄嬛傳》裡最紅的一句名言「賤人就是矯情」，給我們的職場啟示是 blunt the saber's edge。

清宮劇《後宮甄嬛傳》裡勾心鬥角的劇情一度引發熱烈討論，尤其是嬪妃們的台詞，幾乎都可以應用到職場上。有熱心的網友整理出《後宮甄嬛傳》10大名言，並發展出相對應的職場生存術。這些生存術，該怎麼用英文表達呢？

本文讓你一邊回味《後宮甄嬛傳》，一邊學職場生存術，更一邊學英文，一舉三得！

名言 ① 在後宮中想要升，就必須猜得中皇上的心思；想要活，就要猜得中其他女人的心思。

【生存法則】**be understanding**（善解人意）

總能抓住主管、同事的喜好，不用對方明說，就搶先一步滿足對方，在辦公室裡當然無往不利。

Mary is incredibly understanding as always.
（瑪麗就如往常一樣善解人意。）

名言 ❷ 在這宮裡，有利用價值的人才能活下去。

【生存法則】give somebody more bang for their buck（物超所值）

越能被利用，越有出頭的一天。不要去想薪水如此少卻要做那麼多事，讓公司覺得你物超所值吧！

The shoes they are selling give you more bang for your buck.

（他們賣的鞋子物超所值。）

名言 ❸ 這滿殿裡坐著的人，誰知有哪個是口是心非的呢？

【生存法則】have a way with words（很會說話）

雖然明知對方可能是口是心非，但可別直接點破，還是要以合宜的話回應，免得讓自己多個敵人。

Helen has a way with words; therefore, everybody likes her.

（海倫很會說話，因此大家都喜歡她。）

名言 ❹ 在這宮裡心善就只能壞事了，唯有明哲保身才是最要緊的。

【生存法則】take caution（明哲保身）

公司裡難免有些派系鬥爭，當你還是「小咖」時，最好不要涉入，把心思花在工作上比較穩當。

Sometimes you take initiative; sometimes you take caution.

（有時你得積極進取，有時則要明哲保身。）

名言 ❺ 賤人就是矯情。

【生存法則】blunt the saber's edge（化敵為友）

blunt 是鈍的，原是形容詞，這裡作動詞，saber 是軍刀。把軍刀弄鈍了，就是化敵為友的意思。你有沒有遇過害人還會裝可憐的壞同事？如果你裝不過對方，就不要硬碰硬，化敵為友才是上策！

> To settle conflicts, we should blunt the saber's edge and stop creating hatred.
>
> （為了減少衝突，我們應該化敵為友，停止製造仇恨。）

名言 ❻ 人心難測，越是親近溫馴就越容易不留神吶。

【生存法則】keep on one's toes（保持警覺）

最親近你的人，往往最知道如何傷害你，因此不要以為這個同事跟你很熟、脾氣又好，就失去防範。

> During important times, we are required to stay on our toes at all times.
>
> （在特殊時期，我們被要求隨時保持警覺。）

名言 ❼ 容不容得下是娘娘的氣度，能不能讓娘娘容得下，是嬪妾的本事。

【生存法則】mind one's p's and q's（謹言慎行）

這裡的 p = please（pls），q = thank you（thank-Q），意思是要多注重禮貌。碰到會妒才的主管，要格外謹言慎行，上班不遲到、做事不隨便，才不會被逮到小辮子。

If you always mind your p's and q's, your supervisor cannot criticize you.

（如果你能夠一直謹言慎行，主管就不能講你什麼。）

名言 ⑧ 這會咬人的狗，不叫。

【生存法則】Barking dogs don't bite — always keep that in mind .
（記住：會叫的狗不咬人。）

其實，會叫的狗不是不咬人，只是你懂得提防，牠咬不到你；特別要小心的是那種悶不作聲的傢伙。

Barking dogs don't bite. He was just trying to bluff you.
（會叫的狗不咬人。他只是在嚇唬你。）

名言 ⑨ 再冷，也不該拿別人的血來暖自己。

【生存法則】Never step on others climbing the ladder.（絕不踩著別人的頭往上爬。）

想要往上爬，也不該踩著別人的頭，小心有天你下來的時候，大家還會再碰頭！

Never step on others climbing the ladder. You will probably see them when you are coming down.
（千萬不要踩著別人的頭往上爬。當你下來時，大家很可能再碰面。）

名言 ⑩ 有時候不爭，比能爭會爭之人有福多了。

【生存法則】at peace with all men（與世無爭）

老子云：「夫唯不爭，故天下莫能與之爭。」在職場中，以謙卑不爭的心，取得與他人的和諧共存，你的職涯肯定會比爭權奪利之人要平順多了！

My husband is a person at peace with all men. He has never argued with anyone.

（我先生是位與世無爭的人，從不與人起爭執。）

菲律賓在 2013 年 5 月 12 日針對其海岸特警隊槍擊台灣漁船
發表了一份書面聲明，除了未道歉、未提懲凶、賠償等重點
問題以外，它還是一份典型未切中要領、使人惱怒的聲明。

菲律賓聲明全文如下：

Statement of Undersecretary Abigail F. Valte：
On the incident that occurred on May 9, 2013
[Released on May 12, 2013]

As the Philippine Coast Guard has stated, we express our heartfelt sorrow on the unfortunate situation that occurred during one of the anti-illegal fishing patrols conducted by a Philippine fishery law enforcement vessel （MCS 3001） within the maritime jurisdiction （waters off the Batanes group of islands） of the Philippines on the morning of May 9, 2013, which tragically resulted in the death of a fisherman from one of the fishing vessels reportedly poaching in the area.

We extend our sincere and deepest sympathies and condolences to the bereaved family of the victim.

The investigation has commenced with the arrival of the commander of MCS 3001 and that he, together with the crew, have been relieved of their duties. The Philippine Coast Guard, together with other agencies, assures everyone that this investigation will be conducted in an impartial, transparent and expeditious manner.

Moving forward, **relevant agencies** will look into ways to prevent similar incidents from happening in the future.

Mr. Antonio Basilio, Resident Representative of the Manila Economic and Cultural Office in Taiwan, has visited the family of the victim and extended condolences and offered **his apologies**.

Posted in Briefing Room, Office of the Presidential Spokesperson | Comments Off

一份好的聲明怎麼寫？我們用英文 statement 的角度來看。

❶ One long quote from the same source — that's all a statement is. But not too long. Half a page is plenty.

聲明不是新聞稿。新聞稿是為了交代事件發生始末或因果；而聲明是表達立場、意見，讓人（多半是媒體）可以「引述」你的內容。大家都知道的事就不必贅述。像菲律賓海岸特警隊槍殺台灣漁民這件事實，就不需要在聲明中著墨。菲律賓聲明的第一段，冗長占版面，全無意義。

❷ Make every sentence count.

每一句話都重要。一般的聲明只有半頁的篇幅，但是這並不代表全文都會被用上，也許只有一兩句話被引述，所以務必確定，每句話都要有意義、能成立。

文中出現的 relevant agencies（相關單位），是一個最官樣也不負責任的代名詞。

（×）Relevant agencies will look into ways to prevent similar incidents from happening in the future.

（○）We assure everyone that this investigation will be conducted in an impartial, transparent and expeditious manner.

❸ Write in first person.

不要事不關己，statement 是你說的話，應該從你的角度出發，最好用第一人稱方式寫。菲律賓聲明的最後一段、文章最後一個字終於出現道歉（apologies），但卻是「他個人的」道歉，難道 his apologies 與菲律賓政府無關？

❹ When you release a statement, you are going on permanent record, so choose your words wisely.

聲明是會留下永久紀錄的，請聰明選字。一份好的聲明能發揮很大的影響力，大到可以避免一場戰爭。看一份聲明，就像聽一個人在說話，事故發生的時候，大家在等你本人怎麼說。寫完聲明，請大聲唸一遍！不要忘記，聽的人希望聽到真誠！

SECTION 71

看金馬
學頒獎典禮英文

從 2013 年國內金馬獎 50 週年頒獎典禮上，我們來看看有什麼好玩的英文。

2013 年的金馬獎風光經典，頒獎典禮讓人回味不已。我們應景一下，從頒獎典禮的用語來了解常用英文語法結構。想像一下，如果用英文頒獎，這些句子該怎麼說。

得獎的是……

首先，頒獎者說出得獎人名的時候，中文都說：「得獎的是……」（The winner is...），但英文更常用：And the "Golden Horse" **goes to**...

不說輸贏，是為了將頒獎提升到「鼓勵」而非「競爭」的層次。

得獎人上台發表感言，最常聽到的是：

I'll never make it without my family.
（沒有我的家人，我不可能做得到。）

I'll never make it without your support.
（沒有你們的支持，我不可能做到。）

位置不變

last but not least...，least 是 little 的最高級，最小的意思。一路謝到最後一個人，常常會這樣說，表示要感謝的人跟前面提到的每一位一樣重要。

入圍的有……

頒獎典禮之前一定先有提名，nomination「提名」來自於 nominate（動詞），而被提名者就是 nominee。在英文裡，動詞之後加上 ee 表示「接受動作者」，所以 employee 是員工，接受雇用（employ）的動作、interviewee 是被面試者或受訪者；相對的，動詞之後加上 or / er 表示「做動作者」，nominator 是提名人、employer 是雇主，而 interviewer 則是面試主管或採訪者。

最佳男主角

演員應該是頒獎典禮最受注目的獎項，用 leading 或 supporting 來區分主角（lead 表示帶領）或配角（support 是支持）的用法中，我們可注意到 ing 所代表的「主動」概念，因為演員在電影裡的動作是主動演出的，如：Best Actor in a Leading Role（最佳男主角）。

而 film editing（電影剪輯）與 sound mixing（音效）也是用類似的概念，因為這些獎項要表揚的是「做」剪輯和音效的人才，並不是被剪輯的電影或音效，所以在 film 和 sound 之後加上「主動」的動作。

然而，在 animated film（動畫片）和 adapted screenplay（改編劇本）裡則使用「被動」的寫法，因為劇本是被改編、影片則是被賦予動作，如果是 animating film，那這個膠卷可能會自己走動了。

國際名牌正音課

來自世界各國的精品名牌，看似英文字母，卻不該用英語發音。不小心唸錯，可就有點糗了。

品牌是文化、行銷、風格和語音學的大集合。BURBERRY、ANNA SUI、agnès b.、HERMÈS、CHANEL、LOUIS VUITTON、GUCCI、VERSACE、Salvatore Ferragamo、GIORGIO ARMANI，這些品牌可能都是你熟悉的，但你能正確地唸出它們的發音嗎？

這些字原來不一定都是英文，有些來自法國、義大利，多唸幾次，大聲唸熟了這些音，你會對不同語系的音節、唸法，更有感覺。

英文

BURBERRY [ˋbɝ͵bɛrɪ]
這是來自英國的品牌，重音的位置應該在第一音節。但英國以外的歐洲人喜歡把重音擺在 E，唸成 [bəˋbɛrɪ]，想有一點點歐洲味，就是這樣唸的。

ANNA SUI [ˋænəˌswi]
這位出生於美國的華裔設計師安娜・蘇（Anna Sui），她的 Sui 常常讓人不確定到底要怎麼唸。不是 [su]，而是 [swi]，就像 sweet 的唸法一樣，只是少了 t。有點像是「漂亮」的台語發音。

法文

agnès b. [ˋanɪɛs bɛ]

這個牌子來自它的法國設計師名字，所以唸法也完全按照法文發音。這裡的 g 不發音，agnès 發 [ˋanɪɛs]，ne 合起來的發音「妮亞」的合音要像「娘」字的鼻音才道地。字母 b 法文要唸 [bɛ]，和英文的唸法完全不一樣喔！

HERMÈS [ˋɛmɛs]

「愛馬仕」這個牌子的 h 不發音，而法文的 r 發的是喉音，所以英文的音標是標不出來的，發音的方式有點像是從喉嚨發出「呵」，但是只有氣音。也就是說，最正確的唸法應該是 [ɛ 呵 mɛs]。不過，Hermès 其實是來自希臘神話，他是神和人之間的信差，負責傳遞神的信息。在英文裡，如果指的是這位希臘之神，直接用英文發音 [ˋhɝmɪs] 就可以了。

CHANEL [ʃaˋnɛlə]

大部分的人都習慣以英文發音來說「香奈兒」這個牌子。然而，既然它是來自法國的名牌，最好還是用正確的法文發音。首先，要記得 cha 是發 [ʃa] 的音，而 ne 則稍微重一點，有點像是中文的「內」，最後的 l 在法文裡是發 [lə]，和之前說的 r 一樣，也是用氣音。

義大利文

GUCCI [ˋguˋtʃɪ]

「古馳」的唸法，大家應該不陌生，但要特別注意 ci 在義大利文是發 [tʃɪ]，而不是 [dʒ]。

CHAPTER
6

漂亮烙英文

VERSACE [vɛ(lə)`sadʒ]

「凡賽斯」的中文很容易讓人誤以為它唸 [və`ses]，但事實上，這只是英文的唸法喔。正確的義大利文唸法中，r 是有點彈舌的顫音，有點像是注音符號的「ㄌ」，在這裡 [lə] 輕輕帶過即可，而 sa 是發 [sa]，ce 則發 [dʒ]，合在一起就是 [vɛ(lə)`sadʒ]。

Salvatore Ferragamo [`savadolɛ ˌfɛlɛgamɔ]

Ferragamo 這個牌子可說是義大利精品的代名詞，在發音上也要掌握義大利發音的原則。r 會有捲舌的 [l]。如果照英文發音，很多人會唸 [fərəˌgamo]。正確的義大利文唸法，fe 是發 [fɛ]，rra 則是 [lɛ]，gamo 跟英文差不多，但是 mo 在義大利文裡不像英文拉那麼長，只要發 [mɔ] 就可以了。下次如果再看到這個牌子，唸對它的發音，會讓人對你的時尚知識刮目相看喔！

GIORGIO ARMANI [`dʒɔrdʒɔr ˌa(lə) ˌmanɪ]

「亞曼尼」的唸法看似很簡單，不過，就像 CHANEL 一樣，大家常用英文唸法，唸成 [ar`manɪ]。就像前面說的，r 的義大利文是唸氣音 [lə]，在這裡不用特別唸出，但中間要有一點 [lə] 的停頓。

10個關鍵字，
讀懂《華爾街日報》

我們今天也來學學有錢人，認識一下美國財經大報《華爾街日報》上，最常見的財經名詞吧！

"You are what you read." 你讀什麼，決定你是什麼樣的人。

如果用讀者年薪看全世界媒體，《華爾街日報》應該排名第一。《華爾街日報》的讀者平均年薪高達 19 萬美元（約合新台幣 560 萬元）。

我們今天一起來認識一下最常出現在《華爾街日報》新聞標題的10個字。把全世界第一手的金融分析讀通，觀念好了，英文也好了。標題＋關鍵字，是解讀《華爾街日報》的 Lesson One！

❶ bailout（n.）緊急援助、紓困

Cyprus Bailout Terms Ease
（對塞普路斯紓困條件降低）

bailout 原來是個法律名詞，意思是「保釋」，作動詞片語是幫助擺脫困境，連在一起作名詞就是紓困。

2 capital（n.）資本、資金

UK Banks Need Almost $38 Billion in Capital
（英國銀行須注入380億美元新資金）

3 stimulus（n.）刺激、刺激因素

Japan's Stimulus Generates Ripples
（日本經濟復甦方案引發連帶效應）

stimulate 是動詞，經濟上比較常直接用名詞 stimulus，指刺激經濟的方法。對日圓的 stimulus，指的就是讓經濟復甦的方案。

4 austerity measures 財政緊縮措施

Thousands Protest Portugal Austerity Measures
（萬人上街抗議葡萄牙政府的財政緊縮措施造成失業率創新高）

5 tycoon（n.）企業大亨、巨頭

Confidence Ebbs in Chinese Tycoon's Ambitious Deals
（中國大亨鉅額交易，外界無信心）指中國巨富劉漢收購澳洲礦商 Sundance Resource 事件。

6 benchmark（n.）基準、檢查標準程序

New Benchmarks Crop Up in Companies' Financial Reports
（企業不斷在財務報告中提出各種不同以往的表現檢測標準）迫使相關監察人員提出新的檢視基準，避免投資人被誤導。

❼ treasury（n.）國庫、財政部（the treasury department）

Treasury Eases Off on Bank Rules
（美國財政部決定放寬原欲針對洗錢實施的嚴格銀行限制）

treasure 是財富寶藏，而保護財富的地方就是 treasury 了。

❽ recession（n.）經濟衰退、不景氣

Mortimer Zuckerman：The Great Recession Has Been Followed by the Grand Illusion
（莫堤摩・薩克曼：大蕭條後就是復甦的假象）《美國新聞與世界報導》（*US News & World Report*）社長警告現實狀況不如眾人所言。

❾ shareholders（n.）股東、股權持有人

P&G Shareholders Vote to Make It Easier to Oust Directors
（寶僑股東投票，降低替換成員門檻）share 作動詞是分享，作名詞 one's share 就是屬於某人的一份；股票的 one share 就是一股。

❿ inflation（n.）通貨膨脹

Inflation Fears Overblown, IMF Says
（國際貨幣基金組織稱不須過於擔憂通貨膨脹）相反的字是通貨緊縮：deflation。

CHAPTER
6

漂亮烙英文

說出有 HBO 味的英文

> 一組漂亮的英文單字或句子，通常並不艱澀難懂，而是好
> 記、有意象，甚至帶有視覺或聽覺的節奏性，更高的境界則
> 是有韻味，而這個韻味，很可能來自委婉的用字。

你看 HBO 電影嗎？你讀《赫芬頓郵報》（*Huffington Post*）嗎？你喜歡「探索」（Discovery）頻道嗎？我們常告訴學生，所有英文聽說讀寫的場合，假如可以，請拿一本小本子，遇到好、有美感的字就快速記下。什麼是好字呢？我們綜合了多位中外籍老師的意見，英文字美不美，該如何判斷？

- **不會太難**：mother、smile、love
- **好記有意象**：dawn（黎明）、dew（露珠）、sunlight（日光）
- **有節奏美感**：pinpoint（找出定位）、showcase（展現）、giggle（咯咯笑）
- **一字多用**：come up with（想出）、get around to（找時間）
- **有特殊的文化韻味**：entrepreneur（創業家）、nostalgia（鄉愁）、guru（大師）

還有一個重要的標準：委婉。

形容脫衣舞者的職業，很多人會脫口而出用 stripper，但委婉的說法可

以用 exotic dancer（有異國風情的舞者）。究竟什麼是委婉（詞）的說法？簡單的定義，委婉的說法是無法直接翻譯的說法，也因為這樣，就變成我們講英文的罩門。我們來看以下實例：

❶ 他不聰明。

（×） He is very stupid.

（○） He is not the brightest bulb.

❷ 他行動不便。

（×） He is a handicapped person.

（○） He is a differently-abled.

❸ 她胖胖的。

（×） She is fat.

（○） She is chubby.

❹ 這輛是二手車。

（×） This car is second hand.

（○） This car is pre-owned.

CHAPTER
6
漂亮烙英文

5 我尿急。

（×）I have an urge to urinate.

（○）I'm calling for nature.

（○）I need to relieve myself.

6 她對我們客戶不太友善。

（×）She is so rude to our client.

（○）She is not so agreeable to our client.

7 他講話大聲又高傲。

（×）He is loud and arrogant.

（○）He has strong opinions about everything and is not afraid to voice them.

8 老闆在這個產業很資深。

（×）Our boss is very old in the industry.

（○）Our boss is very senior in the industry.

9 他工作的態度懶散。

（×）Her attitude to his work is lazy.

（○）He has a rather relaxed attitude toward work.

讀巴菲特傳記，
學口語詞彙

> 讀成功者原文傳記的好處是，不但學得智慧，而且也向這些
> 有成就的人學英文思維和寫作。

Life is like a snowball. The important thing is finding wet snow and a really long hill.

—— Warren Buffett

人生就像滾雪球。最重要的事是找到夠濕的雪和一道長長的
山坡。

—— 華倫・巴菲特

「你最想為哪一家企業工作？」這是我們最常問社會新鮮人的一句話。很單純的一個問題，但得到的答案大部分是：「沒特別想過！」、「都可以」、「不一定」、「看哪家公司會覺得我有貢獻」。

年輕人應該大膽想、大膽說、大膽做，一起來讀巴菲特 25 歲的抉擇，希望帶來一點啟發。

Benjamin Graham had been my idol ever since I read his book *The Intelligent Investor*. I had wanted to go to Columbia Business School because he was a professor there, and after I got out of Columbia, returned to Omaha, and started selling securities, I didn't forget about

CHAPTER

6

漂亮烙英文

him. Between 1951 and 1954, I **made a pest of** myself, sending him frequent securities ideas. Then I got a letter back："Next time you're in New York, come and see me." So there I went, and he offered me a job at Graham-Newman Corp., which he ran with Jerry Newman. Everyone says that A.W. Jones started the hedge fund industry, but Graham-Newman's sister partnership, Newman and Graham, was actually an earlier fund.

自從我讀了班傑明・葛拉漢的書《聰明的投資者》，他就成了我的偶像。這也是我選擇就讀哥倫比亞大學商學院的原因：葛拉漢是哥倫比亞大學的教授。商學院畢業後，我回到老家奧瑪哈賣股票，卻始終沒有忘記他。1951 年到 1954 年間，我不斷寫信給葛拉漢，大聊我的股票經。他居然回信了，要我下回到紐約去找他。我去了紐約，展開在他的避險基金公司的工作。

The next year, when I was 25, Mr. Graham gave me a **heads-up** that he was going to retire. Actually, he did more than that：He offered me the chance to replace him, with Jerry's son Mickey as the new senior partner and me as the new junior partner. This was a traumatic decision. Here was my chance **to step into the shoes** of my hero. But I also wanted to come back to Omaha. I probably went to work for a month thinking every morning that I would tell Mr. Graham I was going to leave. But it was hard to do.

工作一年後，葛拉漢準備退休，拔擢我為公司合夥人之一，傑瑞的兒子米奇任新資深合夥人，我當資淺合夥人，那時我才 25 歲！但如此大好機會卻是我掙扎的開始：我既不願放棄接班，又想回家鄉開創事業。要我開口辭職的確很難，我躊躇一個月後才向葛拉漢表明離職的想法。

I thought, I'll go back to Omaha, take some college classes, and read a lot — I was going to retire! I told my wife, "Compound interest guarantees I'm going to get rich." I had no plans to start a partnership, or even have a job. I had no worries as long as I could operate on my own. I certainly did not want to sell securities to other people again. But by pure accident, seven people, including a few of my relatives, said to me, "You used to sell stocks, and we want you to tell us what to do with our money." That was the beginning — totally accidental.

回到奧瑪哈後，仗著早年投資股票的經驗，25 歲的我告訴我太太：「複利的概念保證讓我賺大錢！」當年我並沒有任何合夥或找工作的計畫，我只知道，一旦開始去做我自己最想做的事：股票投資，就沒有什麼好憂慮的。很意外地，七個親戚主動跑來找我：「你從以前就知道怎樣買賣股票，我們想要你幫忙投資！」我就這樣開始了，很偶然的。

I did no **solicitation**, but more checks began coming from people I didn't know. Back in New York, Graham-Newman was being liquidated. There was a college president up in Vermont, Homer Dodge, who had been invested with Graham, and he asked, "Ben, what should I do with my money?" Ben said, "Well, there's this kid who used to work for me..."

我並沒有到處招攬募資，但越來越多資金來自於不認識的人。那時，葛拉漢的基金正在清算，原來在葛拉漢投資的大學校長問葛拉漢該怎麼處理他的錢，葛拉漢說：「有個跟我工作過的小子知道怎樣幫你做投資！」他把 25 歲的我推薦給他的客戶。

Although I had no idea, age 25 was a turning point. I was changing my life, setting up something that would turn into a fairly good-size partnership called Berkshire Hathaway. I wasn't scared. I was doing something I liked, and I'm still doing it.

那時候我並不知道，25 歲，會成為我人生中的轉捩點！我在改變人生，也為日後的波克夏鋪路。我不害怕，我做我熱愛的事，一直到今天都是。

【關鍵詞彙】

❶ pest [pest]（n.）害蟲、瘟疫、有毒害、煩人的人；（v.）煩擾、糾纏

巴菲特用 "I made a pest of myself"（把自己變成煩人的傢伙）這種說法來表達「鍥而不捨地毛遂自薦」。例：

That guy made himself such a pest, trying to pick up every woman in the party.
（這傢伙在派對中猛追女生，讓自己成了名副其實的討厭鬼。）

❷ heads up 給人提示、警訊

乍看像是動詞片語，但其實是名詞。意思是「給人提示、警訊」。注意 head 要加 s，有時會寫成 heads-up，很特別的是，前面通常要加 a，後面用介系詞 on 接名詞，表示是關於什麼事情的，或是用 that 接子句，例：

Could you give me a heads up on tomorrow's meeting?
（關於明天的會議，你可以給我一些提示嗎？）

I'm giving you a heads up that the boss is in a very bad mood today.
（我要提醒你：老闆今天心情很糟。）

❸ step into the shoes of 接替某人職位、接班、設身處地為別人思考

Try to step into the shoes of those who hurt you in hopes you'll see the situation from their perspectives.
（對於傷害過你的人，設身處地為他們著想，才能從另一角度了解他們的處境。）

❹ solicitation [səl͵ɪsɪt`eʃən]（n.）懇求、請求

I accepted the gifts at her solicitation.
（在她的懇求下，我接受了禮物。）

成功者給你的8句療癒系名言

成功者的理念，值得用原文好好記誦它。

常常為小事而生氣、煩惱嗎？世界公民文化中心的一位朋友曾為自己進行了一項運動，她稱之為「不生氣100天運動」，顧名思義，就是在這100天之內，不論發生什麼事，她都要做到不生氣。

這位朋友坦言，這個計畫說起來容易，實踐起來卻很難，因為生活中總有大大小小的事情會激起人的怒火。每當她覺得快要冒火時，就會在心中重複默唸一些成功人士的名言來安定心神。她說，真的有效！

為此，我們特別挑選了以下8句全球商業領袖的經典名言，專門用來「治療」想不開。試試看。從選擇一句開始，真的很管用，還能在不知不覺中，把英文也記得滾瓜爛熟！

❶ Life is not fair; get used to it. —— Bill Gates
人生本就不公平，要習慣它。——比爾‧蓋茲（微軟公司創辦人）

這句話聽起來消極，事實上蘊含了龐大的積極能量，一旦你認清這項「人生規則」，反而會停止抱怨，採取行動。而且，當你哭泣自己沒有鞋子穿時，不妨想想還有人沒有腳，自己真的已經很幸福，該知足了。

❷ Your time is limited, so don't waste it living someone else's life. ——Steve Jobs

你的時間有限,所以不要浪費時間過別人的生活。——史提夫‧賈伯斯(蘋果公司創辦人)

想到自己的時間很寶貴,你就不會為了他人的一兩句話,或一些生活瑣事生氣、懊惱,而會把時間用在更有意義的事情上。

❸ If you have no critics, you will likely have no success. ——Malcolm S. Forbes

如果沒有批評你的人,你就不太可能會成功。——馬康‧S‧富比世(《富比世》雜誌創辦人)

被公司主管罵了一頓,與其一直覺得自己委屈,不妨認為「天將降大任於斯人也,必先苦其心志,勞其筋骨,餓其體膚」,相信自己若能聽進逆耳忠言,成功就更近一步了。critic 可以解釋為批評家、評論家,也可以指吹毛求疵、愛挑剔的人。

❹ Business opportunities are like buses, there's always another one coming. ——Richard Branson

商機就像公車,總會有下一班。——理查‧布蘭森(維京集團創辦人)

雖然有很多英文諺語說,機會錯失了就不再來,像是:Opportunity seldom knocks twice.(機會很少敲兩次門。)但老是想著自己錯過了一次賺錢機會,不如振作起來,好好把握下一次吧!

⑤ If you're not confused, you're not paying attention.
── Tom Peters

如果你不覺得困惑，那就表示你不夠專注。── 湯姆・彼得斯
（被譽為「商界教皇」的美國管理學家）

對於工作、關於人生，如果你有些困惑，別擔心，那表示你其實有在努力，因為在這個瞬息萬變的世界上，我們很難理解所有的事，所以沒關係，你做得很好！

⑥ Everything that is happening at this moment is a result of the choices you've made in the past. ── Deepak Chopra

此刻所發生的所有事，都是你之前選擇的結果。──狄巴克・喬布拉（印度心靈導師）

發生了你不樂見的事，別老想著是別人的過錯，英文有句話說：Every why has a wherefore.（事出必有因。）而這個「因」多半是你自己造成的，所以停止抱怨他人吧！想要改變現狀，就從改變自身做起。

⑦ How you think about a problem is more important than the problem itself ── so always think positively. ── Norman Vincent Peale

你如何看待一個問題，比這個問題本身更重要 ── 所以，常保正向思考。──諾曼・文生・皮爾（全球知名勵志作家）

很多研究都發現，保持正向思考，不僅有助於處理問題，還能讓身心更健康喔！

❽ **Forgiveness is a perfectly selfish act. It sets you free from the past. ——Brian Tracy**

寬恕是完全為了自己的行動，它能讓你不再被過去所困。——布萊恩‧崔西（美國成功學大師）

原諒別人，對自己極有好處，所以這句話出自成功學大師並不讓人驚訝。崔西還說過：The greatest gift that you can give to others is the gift of unconditional love and acceptance.（你能給別人最好的禮物，就是無條件的愛與包容。）

CHAPTER
6
漂亮烙英文

把英文和數學
加起來學

加、減、乘、除是數學的基礎課程，但你有沒有發現，換成用英文表達，其實還真讓人顯得好笨拙呢！快來惡補一下。

即便英文程度不錯的人，用英文表達數字時還是會詞窮。主要原因是我們數學都是用中文學的，英文課裡沒有教加減乘除。但我們發現，討論財務、行銷、會計……，甚至很多簡報上，這些簡單的數學表達都變成我們英文流利的最大障礙。

用英文表達這些數字計算，我們先從單字，再進化到片語；這類表達，難只難在第一次，會了就一勞永逸。

現在，享受一下當小學生的樂趣，把英文和數學加起來學！

加 addition	1 + 3 = 4 1 plus 3 equals (is) 4. Adding 3 to 1 gives 4.
減 subtraction	4 − 1 = 3 4 minus 1 equals 3. Subtracting 1 from 4 leaves 3.
乘 multiplication	3 × 5 = 15 3 times 5 equals 15. 3 multiplied by 5 makes 15.
除 division	6 ÷ 3 = 2 6 divided by 3 equals 2.

來做一個小練習，試著把下面的片語動詞填入下列空格中。

come to / add up / round up / average out / take away

Here's a little test of your mental arithmetic（心算）

1. _____the following numbers; 18, 22, 33, 3, 15.

（The answer is 91）

2. Now _____ 34 from the previous answer.

（The answer is 57）

3. Now divide 91 by 50. It _____1.82.

4. Now _____ the answer _____ to the nearest whole number.

（The answer is 2）

5. Finally, last Monday I worked 7 hours, on Tuesday I worked 10 hours, on Wednesday I worked 9 hours, on Thursday I worked 10 and on Friday I went home early and only worked 4 hours. What does the number of hours per day I worked _____ at?

（The answer is 8 hours per day）

有點挑戰，你說對了嗎？記得不要只是做對題目，是要在口語把這些應用出來！

答案：

1. add up（加總）　2. take away（拿掉）　3. comes to（結果是）
4. round / up（四捨五入）　5. average out（平均）

英文離職信這樣寫，老闆也祝福

> 怎麼樣的辭職信會讓老闆又驚又喜？不久前有一封離職信在網路上爆紅，號稱「全世界最甜美的辭職信」：寫在蛋糕上的辭職信。

原來服務於英國機場的移民官荷姆斯（Chris Holmes）太太剛生小孩，他想開蛋糕店多陪家人，於是他把離職信「寫」在蛋糕上，當他親自把蛋糕端給上司時，主管又驚又喜。

寫離職信最重要的是誠意，不必照範本抄。以下常用離職用句子是英文裡的對應用法。

① 我想拓展我的視野。

（×）I want to widen my view.

（○）I want to **expand my horizons**.

horizons 複數指視野、知識及經驗等的範圍，拓展視野 horizon 用複數。widen my view 不是自然的用法。

② 我不想重複做相同的事，所以才辭職。

（×）I quit because I don't want to keep doing the same thing.

（○）I quit because I don't want to be **stuck in a rut**.

rut 是車輪的痕跡，看過車輪在泥濘裡打轉無法前進嗎？stuck in a rut 的原意就是如此，它引申為「周而復始做著同樣的事而無法突破」，是需要嘗試新挑戰時最常用的成語。

③ 我在這裡待太久了，想轉換一下環境。

（×）I've been here too long. I want to change the company.

（○）I've been here for too long. I want to **move on**.

change the company 是改變公司，換工作可以用 career move 或是 change jobs，但 move on 聽來讓人舒服。

④ 我辭職是因為我想嘗試不一樣的東西。

（×）I'm quitting because I want to try new thing.

（○）I'm quitting because I want to **try something new**.

try new thing 文法不對，假如你要嘗試的事是預期中的，你可以說 try new things，但多半嘗試新事物，既是新的，就不在預期中，用 try something new 更切合實情。

最後，我們來看看荷姆斯這封「甜美」的辭職信：

	To The Management,
給一個不得不所以然的原因	Border Force, Stansted：
	Today is my 31st birthday, and having recently become a father I now realize have precious life is and how important is to spend my time doing something that makes me, and other people, happy.
告訴別人你的 "action"	For that reason I hereby give notice of my resignation, in order that I may devote my time and energy to my family, and to my cake business which has grown steadily over the past few years.
維持善意，還不忘做生意	I wish the organization and my colleagues the best for the future and I remind you that, if you enjoy this cake, you can order more at www.mrcake.co.uk
	Sincerely,
	Chris Holmes (Mr. Cake)

看起來一樣，用法大不同

「看起來」意思差不多的 3 個字：seem、look、appear，「用起來」可得稍微講究一下。

開會或提案結束後，你得向主管簡報成果，客戶「看起來」滿意你的構想，這句英文怎麼說才好呢？

雖然 seem、look、appear 的意思都是「看起來」、「似乎」，但仍有個別差異：seem 傾向描述主觀的認知或感想，appear 則比較正式，傾向描述客觀的事實或印象。

❶ seem / look / appear ＋形容詞

He seems clever.（他好像很聰明。）

He looks angry.（他看起來很生氣。）

He appears unaffected by the report.（他似乎沒受到報導影響。）

❷ seem / appear＋to＋動詞，表示在這之前就發生的狀況、動作

I seem to have lost the file. Could you resend it?

（我好像搞丟檔案了。你可以再寄一次嗎？）

My client seems to like this idea.（看來我的客戶喜歡這構想。）

He does not appear to be at the office now.

（他現在好像不在辦公室。）

❸ It seems like / It looks like... ＋整句話的敘述

It seems like they won't accept our proposition.

（看來他們不會接受我們的提議。）

It looks like the meeting is going to end soon.

（會議看來快結束了。）

❹ It seems that / It appears that... ＋整句話的敘述

It seems that I have made the wrong call.

（我好像做了錯誤的決定。）

It appears that you might be right.（看來你可能是對的。）

SECTION 80 用腦力激盪法學英文

英語腦力激盪的幾個原則是：1. 不怕錯；2. 越多越好；3. 自由奔放；4. 隨處取材。

沒有環境使用英文，英文都忘光了，怎麼辦？今天來談談學英文的方法。

首先，要改變一個觀念：英文的環境是自己創造的，不要等別人提供。誰說一定要身在國外，或在外商工作，才有機會講英文？腦力激盪一下吧！怎麼讓自己有機會每天都說英文？

每天「說」一段今天發生的事，用手機錄下來（盡量不要重複說一樣的事）。

每星期選一天，把自己當作外國人，碰到所有的人都說英文，這一天是你的 English Day（別人不會誤以為你是美國人或英國人，可能會以為你是亞洲外國人）。

拿著《商業周刊》，沒錯，是中文的，看看可不可以一邊看，一邊用英文說出文章標題（說不出來就是你要進步的時候了）。

CHAPTER **6** 漂亮烙英文

如果以上方法都不適合你，試一試以下的「腦力激盪」法，享受從無到有的創造樂趣，英語腦力激盪的幾個原則是：1. 不怕錯；2. 越多越好；3. 自由奔放；4. 隨處取材（眼睛看到的、耳朵聽到的都可取材）。

英文腦力激盪的 5 大步驟：

❶ let fly 異想天開

The buzz word for this process is brainstorming.
把你所想到的「英文字」、「英文句」統統寫下來，可能是一個片語、一個客戶、一個印象深刻的畫面。

❷ develop a statement 開始發展

When you feel you've jotted down sufficient relevant points, then comes the fun part.
把每一個簡單概念發展成一個句子。一面寫，一面唸，先別管句子完不完整。

❸ decide on priorities 決定排序

Circle the main points. Now decide which of these is the most important（or, a good starting point）and put a number 1 next to it; then number the rest of your main points.
把重要的 idea 圈起來，你覺得哪一點重要，按照重要性並標上 1、2、3……。

❹ check for relevance 畫出關聯

Read through these and check that there is a logical progression of thought.

按順序再讀一遍你的句子，如果句子和句子之間沒什麼相關，試著加一點連接詞、副詞，讓它們更 coherent（連貫）。

❺ ready to tell your story 展示腦力激盪的成果

Now you are ready to tell your story. And it really is your story!

找一個朋友，展示一下腦力激盪的成果，把你的 story 告訴他。你會發現「創造式」的英文學習，比「死背」的有意思太多了。

模仿**4**步驟，
演出英文味

> 很多學習都是從模仿開始，英文也可以。找一個範本，跟著
> 做就是了，從聲音、語調到情感、節奏，不知不覺你也會
> 「做假成真」。

三星（Samsung）是全世界崛起最快的品牌，25 年間從負債百億到市值千億，不但搶下諾基亞（Nokia）蟬聯 14 年的手機冠軍寶座，還打敗蘋果（Apple）成為智慧型手機霸主！三星的成功之道，國際品牌戰略顧問公司 Interband 說是：模仿、創新、策略。

注意：「模仿」是第一位！

不要小看「模仿」，小則小到你的英文進步，大則大到企業經營，它都可能是關鍵。

「模仿」就是大膽臨摹，先做到表面的「像」，再達到感覺到位、如出一轍的「是」。在英語學習上，「模仿」既是科學，又是感覺。以下幫大家整理出「模仿」的步驟：

❶ 誰是你「模仿」的 model？

是李奧納多‧狄卡皮歐（Leonardo DiCaprio）飾演大亨的蓋茲比？還是神探福爾摩斯？美國口音還是英國腔？先找一個你想要模仿到維妙

維肖的對象，在 YouTube 上找出一段大約 1 分鐘長短的談話。記得不要太長，開始模仿，注意：是模仿對方的「聲音」，不是學對方講「英文」。

❷ 忘記自己的存在

「模仿」要放入感情，同時又要夠敏銳。聽出聲音高低、節奏、聽出感動，直到能餘音繞樑。用眼辨識，注意嘴型變化、臉部表情及肢體動作，直到整個融入，忘記自己的存在。

❸ 原音重現

複製首重「正確」，再講求「速度」。透過不斷運用口腔肌肉、器官、運氣、換氣及肢體動作的搭配，來建立英語口說習慣。過程中，特別要注意隨時警覺錯誤，隨時修正。

❹ 喜新厭舊

人不學習，就等著開始腐爛。每個人都曾經歷過這種怠惰。要讓自己發自內心有一股英文學習的動能（regain momentum），開始尋找新的、能讓你感動的模仿對象吧！有了新的模仿對象，就等於找到了新的 milestone。

假如你不知道要模仿誰，下面這幾句話，你不妨揣摩一下說話心理，是傷感？是神秘兮兮？感慨？把它演出來，說出來！

1 All of life is an act of letting go, but what hurts the most is not taking a moment to say goodbye.〔摘自《少年 Pi 的奇幻漂流》（*Life of Pi*）〕

（人生也許就是不斷地放下，然而最令人痛心的是，沒能好好地說再見。）

2 Most people... blunder round this city, and all they see are streets and shops and cars. When you walk with Sherlock Holmes, you see the battlefield.〔摘自《神探福爾摩斯》（*Sherlock Holmes*）〕

（這城市多數人都庸庸碌碌，眼中只見繁華街肆，車來人往。而你與福爾摩斯同行，看到的卻是戰場。）

3 The people who are crazy enough to think they can change the world, are the ones that do.〔摘自《賈伯斯》（*Steve Jobs*）〕

（瘋狂到自以為可以改變世界的人，才能真正改變世界。）

4 Secrets have a cost. They're not free. Not now, not ever.〔摘自《蜘蛛人：驚奇再起》（*The Amazing Spider Man*）〕

（守護秘密是需要付出代價的，現在是，以後也是。）

5 Death is so terribly final, while life is full of possibilities.〔摘自《冰與火之歌：權力遊戲》（*Game of Thrones*）〕

（死亡一下就把人帶到盡頭，而活著卻有那麼多可能性。）

用「視譯法」
練出漂亮英文

找一篇中英對照文章，眼睛看中文，試著譯成英文說出來，
再對照原文，持續且大量地做，就會有進步。

讀者問：有沒有自己練英文的好方法？有！自己練英文最有效的方法，
就是「視譯」。

視譯的原則是，找一篇中英對照的文章，先讀中文，眼睛看到的中文，
用英文說出來，然後對照原文，馬上可以發現我們口說哪裡有錯。要注
意的是，一開始選擇較簡單的文章，持續且大量地做。如果程度已經不
錯，可以計時練習。

經過大量練習，你會有這樣的感覺：就算在中文嚴重干擾下，都還能講
出漂亮英文！

視譯的死角：在做視譯練習時，總存著一些死角 bug。常見的錯誤發生
在否定和疑問情境中，舉例如下。先看中文，試著做視譯，就能找出英
文的 bug。

❶ 未經允許，任何人不得入內。

（ × ） Everybody cannot come in without permission.

（ ○ ） Nobody can come in without permission.

❷ 我不同意所有這些方案。

（ × ） I don't agree to all these projects.

（ ○ ） I agree to none of these projects.

（ ○ ） I don't agree to any of these projects.

❸ 你還有多久會到？

（ × ） How long will you arrive?

（ ○ ） How soon will you be here?

❹ 一個好的主管應該具備哪些特質？

（ × ） What quality a good manager should have?

（ ○ ） What makes a good manager?

❺ 我去吃點東西，一下子就回來。

（ × ） I want to eat something and will come back later.

（ ○ ） I'd like to get something to eat and will be back in a few minutes.

83 唸 slogan 學英文

> 行銷人說:「slogan 喊久了,市場就是你的。」學英文的秘訣則是:slogan 背多了,英文就是你的。

很多學生感嘆自己用字不夠精準;好的 slogan 用字之精煉不在話下,還蘊含行動力、流暢感。"Just do it." 全世界都知道是耐吉(Nike)。好的 slogan,好唸、好記、一句話詮釋這個品牌的個性。slogan 要一直唸,一直唸,同一句唸很多遍,生活裡到處都充滿了 slogan,看到英文的 slogan,就唸出聲音吧!多唸幾次,英文字的滋味,自然就「吃」得出來了。

今天介紹的英語 slogan 有幾種類型,各有各的精采。

① 創造感想

I'm lovin' it —— 麥當勞(McDonald's)

意思是我真的很喜歡、很享受某件事,這裡當然是表達吃下漢堡的感受。如果有人問你:How's your new car? 你也可以回答:I'm lovin' it.

Because We're Worth It —— 萊雅(L'Oréal)

這句話聰明在:它讓消費者覺得你值得最好的東西;而最好的東西是什麼?就是萊雅。

Maybe She's Born With It, Maybe It's Maybelline —— Maybelline

一個女孩子看起來那麼美只有兩種可能，要嘛是天生的（born with it），要嘛就是 Maybelline 的緣故。也就是說，Maybelline 讓你看起來像天生麗質。

❷ 動感 slogan

Eat Fresh —— Subway

要和速食作出區別，最好的方式就是告訴你吃得新鮮。

Think Different —— 蘋果（Apple）

think 是動詞，後面為什麼不是加副詞 differently？ think differently 是 think in a different way（用不同的方式想），這裡的 think different 是 think about the subject of being different（去想如何與眾不同），這才是蘋果的定位。

❸ 韻律感 slogan

Grace, Space, Pace —— 積架（Jaguar）
Beanz Meanz Heinz —— 亨氏（Heinz）

三個押韻的字說明一切。積架就是優雅、空間、速度；亨氏故意把 beans 和 means 的 s 改成和 Heinz 一致，讓視覺上更有趣味，Beans Means Heinz 也說明亨氏這個牌子是豆子的不二代言人。

❹ 怎樣好？這樣好

Finger Lickin' Good —— 肯德基（KFC）

肯德基形容他們的招牌炸雞，是吃完還想把手指舔乾淨（lick finger）的那種好吃，吃過炸雞的人都可以領會。

Quietly Brilliant —— hTC

好就是好，不用 show off 也 brilliant，這是 hTC 一直以來想傳達的。有趣的是，如今 hTC 卻宣布不再使用 quietly brilliant，他們認為品牌在展現創新這方面 "Hasn't been loud enough"，看來我們可以期待下一個大鳴大放的 slogan。

❺ 對品牌來說 = 對你來說

Every Little Helps —— 特易購（Tesco）

每便宜一點都有幫助，每件東西都派得上用場，最好的量販店 slogan。

Impossible is Nothing —— 愛迪達（Adidas）

「沒有不可能」很清楚有力地表達了運動的精神。如果句子前後對調有差別嗎？Nothing is impossible 意思相同，不過 something is nothing 有「那不算什麼」的意思，用在這就有「不可能這件事，根本不算什麼」的意味，還是更勝一籌。

A Diamond is Forever —— 戴比爾斯（De Beers）

這句話一出，鑽石的行銷已經完成，它創造了鑽石市場，從此女性相信這顆石頭象徵永恆。

漂亮烙英文

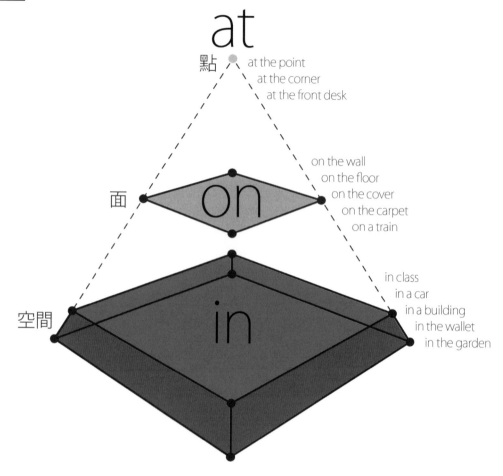

at

點　● at the point
　　　at the corner
　　　at the front desk

面　　　　on　　　on the wall
　　　　　　　　　on the floor
　　　　　　　　　on the cover
　　　　　　　　　on the carpet
　　　　　　　　　on a train

空間　　　　in　　　in class
　　　　　　　　　in a car
　　　　　　　　　in a building
　　　　　　　　　in the wallet
　　　　　　　　　in the garden

再難，也能一張圖搞懂！
(02)2721-5033 www.core-corner.com

3種方式輕鬆訂閱

1 網路刷卡 www.eisland.com.tw
2 傳真 02-27315946
3 電話 02-27215033

商業英文一對一 台灣第一品牌 © 2006-2017, Core & Corner Inc.　台北:台北市復興南路一段 222 號 10 樓 TEL:(02)2721-5033　新竹:新竹市關新路 183 號 TEL:(03)578-2199

學英文也有 **80/20** 原理

用20%寶貴時間，
學會80%商業領域你用得著的英文。

掌握商業英文二八原理

(02)2721-5033 www.core-corner.com

戒掉爛英文 2：職場英文的明規則與潛規則（全新修訂版）

作者	世界公民文化中心
商周集團榮譽發行人	金惟純
商周集團執行長	王文靜
視覺顧問	陳栩椿
商業周刊出版部	
總編輯	余幸娟
責任編輯	錢滿姿
特約編輯	蘇淑君
版型設計	劉麗雪
內文排版	邱介惠
出版發行	城邦文化事業股份有限公司-商業周刊
地址	104台北市中山區民生東路二段141號4樓
傳真服務	（02）2503-6989
劃撥帳號	50003033
戶名	英屬蓋曼群島商家庭傳媒股份有限公司城邦分公司
網站	www.businessweekly.com.tw
製版印刷	中原造像股份有限公司
總經銷	聯合發行股份有限公司　電話：（02）2917-8022
初版1刷	2014年1月
修訂初版1刷	2018年1月
修訂初版3刷	2019年5月
定價	320元
ISBN	978-986-7778-06-2（平裝）

國家圖書館出版品預行編目資料

戒掉爛英文2：職場英文的明規則與潛規則／世界公民文化中心著.--修訂
初版--臺北市:城邦商業周刊,民107.1
　　面；　公分

　ISBN 978-986-7778-06-2(平裝)

　1.英語 2.讀本

805.18　　　　　　　　　　　　　　　　　　　　　106024941

藍學堂

學習・奇趣・輕鬆讀